KING
悪戯王
いたずらきんぐ
インターハート　原作
平手すなお　著
PARADIGM NOVELS 129

登場人物

雨岬鮎《あまさきあゆ》　美衣の友人。落ち着いていて優しいお姉さん。

寺野美衣《てらのみい》　敢太の幼なじみ。怒らせると怖い乱暴者。

夢村小夏《ゆめむらしょうか》　主人公の起こした事故で視力を失った少女。

古森敢太《こもりかんた》　悪戯奥義の正統継承者。類稀な素質がある。

春風優香《はるかぜゆうか》　明るくて優しい性格。看護婦をしている。

永島美麗《ながしまみれい》　少しボンヤリした性格のデパートガール。

お茶《ちゃ》ノ水博子《みずひろこ》　小夏の親友。陽気な性格でよくしゃべる。

更田智《さらだとも》　事務系のＯＬで、ときどき妙な言動をする。

松下果林《まつしたかりん》　色気のある外見だが、そそっかしい面がある。

高嶺沢華世《たかねざわはなよ》　スタイル抜群のスチュワーデス。気が強い。

夏木小鳥《なつきことり》　女子アナ。プライドが高く同性の敵が多い。

歌川《うたがわ》**・マリアン・光**《ひかる》　自己中心的な性格のコンパニオン。

第5章 鮎

第8章 小夏

★悪戯ワールド路線図

目次

プロローグ

……ねちょっ、じゅぷぅっ……。

敢太《かんた》が指を出し入れするたびに、智《とも》の秘裂《ひれつ》はイヤらしい音を洩《も》らした。

止めどなく溢《あふ》れ出る愛液でヌルヌルになった膣壁《ちつへき》が、充血して盛り上がり、敢太の指に絡み付く……。

……じゅぷぅっ、じゅぷぷぷぅっ……。

「うっ、ううっ、はあぁっ」

ついに堪《こら》えきれずに、智が悩ましい声をあげた。

敢太が表情をうかがうと、トロンとした瞳《ひとみ》で、彼の股間《こかん》を見つめていた。

すでにはっきりと彼のモノを欲しがっていた……。

で、敢太は他の乗客に見えないように、ズボンの前を開けて、天に向かってそそり立つ自分のイチモツを取り出した。

「はぁっ……いい、ちっ、ちからが入らない……。お願いっ、どうにでもしてぇ……」

思わず、智は呻《うめ》いた。

……がたん、がたん、がたん！

列車が急なカーブにさしかかり、大きく横揺れした。

それで、智がバランスを崩し、ドアのほうへと倒れこんだ。こうして、さらにスカートが捲《まく》れ上がり、透けた彼女のショーツが完全に露わになった……。

もう、あとは、智のグショグショになったショーツをおろし、思い切りペニスを彼女の媚肉《びにく》に埋めこめばいいだけだった……。

……悪戯《いたずら》の奥義を一子相伝で伝えてきた北手駿掌《ほっとするっしょ》の継承者、古森《こもり》敢太にとって、曾祖父《そうそふ》・古森江戸作《えどさく》の仇《かたき》である南手阿漕掌《なんとあこぎでしょう》の刺客、更田《こうだ》智を昇天させることは、究極の奥義を身につけるうえで、どうしても避けることができない通過点といえた。

北手駿掌……、それは、世の中一般には〝痴漢《ちかん》〟とまったく同一視されている、行きずりの女性を相手に、快楽の極みを味わいつくす〝悪戯〟の技を伝承する流派である。

対する南手阿漕掌は、悪戯を仕掛けられた女性が北手の技を封じるために生まれた、一種の護身術。

とはいえ、〝悪戯道〟とも言うべき北手の秘伝は、厳しい修養を要する、武芸や芸事にも通ずる技で、けっし

て南手が非難するような、女性を単に弄《もてあそ》ぶためのものではないと、敢太は江戸作より何度も聞かされていた。

だが、北手の秘伝を奪おうと暗躍していた智は、敢太がジッチャンと呼んで慕っていた江戸作を手荒く傷つけ、死にいたらしめたうえ、北手の本拠地である北王子《きたおうじ》の総本山まで乗りこんできて、こう言い放った。

「ただ究極の奥義を盗むためだけだったら、私は自分の手を血で染めたりはしない。

ねえっ、あなた、知ってる？

痴漢をされて、心底イヤな思いをしている女が、この世の中にどれだけ大勢いるか……。ストーカーみたいに、あとをつけまわされたり、何度も同じ男に恥ずかしい目に遭わされたり、そういうことを恐怖に思う人が、どれだけ多いかって、あなた、知ってるの！

ホントに痴漢されたのに、『痴漢です』って勇気を出して言ったのに、逆に嘘《うそ》つきだと言われて、告訴されたり、裁判で関係ない過去の男関係を暴《あば》かれて婚約が破棄されたり、そういう悲惨な目に遭った女の気持ちが、あなたにわかるの！

痴漢がどれだけ最低な行為かって……。

そういう恐怖に怯《おび》えている女がどれだけ多いか知ってて、あなたたちは痴漢を繰り返しているのっ？　答えてよ、答えてっ！

プロローグ

私は、なにもかも失った……。

被害者だったのに……、相手の男が、やり手の弁護士を何人も雇って……。

ねえ、そういう目に遭わされた女にも、あなた、痴漢できるの？」

敢太は、それまでも何度か、電車内や町で、智を見かけていた。

敢太の目に映った彼女は、どちらかといえば、ちょっと変わり者の妙なＯＬだという印象だった。

なのに、唐突に、彼女の口から飛び出した言葉は、あまりにもシリアスだった。

その時、敢太はかろうじて答えた。

「北手駿掌は、痴漢じゃない！」

それが、精一杯だった。

もちろん、そんな言葉で納得するはずもなく、彼女は、なおも言いつのった。

「いい加減にしてよ！　あのジイさんも、そう言ってた。なによ！　自分たちの行為だけ正当化して！　だから、殺した。仕返しをしてやっただけなのに、恨まれるのは、私？　ウンザリだわ、あなたたちの教義も、痴漢をする男たちにも。みんな、みんな、死ねばいい、痴漢なんて、誰《だれ》もかれも死ねばいい。死ね！　ねえ、死んでよ」

なにを言っても無駄だと敢太は思った。

だから、この日は彼女の気を失わせただけで、放置した。

そして、数日後、ＪＰことぶき線内で、智を見かけた敢太は、痴漢と悪戯の違いをわからせるために、北手の奥義を彼女にほどこすことにしたのである。

もはや、江戸作の仇だということも、無関係だった……。


敢太は、いまでも女性の体をつくづく不思議なものだと思う。

まったく同じ触り方というか、同じ指使いのテクニックを用いても、気持ち悪がったり、気持ちよさそうにしたりするからだ。

敢太が江戸作より、本格的に悪戯の手ほどきを受けたのは高校時代からだった。彼がいかに素質に恵まれているといっても、もちろん、最初からうまくやれるはずもなかった。

江戸作は相手が嫌がっているのに、ただ触りまくるというのでは、痴漢とかわらず、北手駿掌を継ぐ資格がないと言った。

けれども、相手も気持ちいいように触るといっても、彼は、やはり、あれこれ失敗ばかり繰り返していた……。ジッチャンの教えは、こうだった。

「とにかく相手がエッチな気分になるように仕向けること、これが第一段階だ。たとえば、たまたま電車が混んでいて、オマエのオチンチンが若い女のお尻《しり》にくっついてしまったとしよう。オマエくらいのガキだと、それですぐに勃《た》っちまったりするだろう。女は当然オマエがおっ勃てていることに気づく。でも、それだけじゃ痴漢だといって、大騒ぎすることもできない。電車が揺れる……。オマエのモノがどんどん熱をもって硬くなる……。そんな時間がある程度続けば、女だって、ナニが触れている箇所に意識が集中してしまって、モヤモヤした気分になるもんさ」

なるほど、これは敢太にもよくわかった。敢太だって、電車の中で、女のオッパイが背中にくっついたりすると、なんとか気を逸《そ》らそうとしても、当たっている部分にばかり気がいって、どうしようもなくエッチな気分になってしまう……。そして、女はエッチな気分が高まるにつれて、同じ刺激でも感じ方が変わるというのである。

ジッチャンは、さらに言った。

「まず、普段から女に嫌悪感を持たれないように小ぎれいにしておくこと。そして、最初の接触の時、女に自分に性的な魅力があるから、オマエが刺激されてしまったのだと感じさせること……。そのオマエの興奮を相手に伝染させることができれば、次なるステップに移ることができる……。もちろん、相手がどう感じているか、感じ取る能力がなかったら、ダメだろうが……」

つまり、第一段階は、尻に手を触れたり、首筋に息を吹きかけたり、痴漢だと断定できない程度の接触で、むしろ相手がどの程度、性的に刺激されたか、感じ取るように努力すればいいわけだ。

とはいえ、まだ若い敢太は、しばらく前まで、ついつい触ることに夢中になって、自分ばかりが興奮してしまっていた。だが、いまは違う。単に相手を観察するのではなく、女の興奮を感じ取りながら、自分も興奮するという境地がわかりはじめたからだ。

きょう、智に対しては、彼女が痴漢を撃退すべく、がっちりと尻をガードしていたので、オッパイから責めはじめた。例によって、最初はさりげなく、軽いタッチで刺激してみた。

だが、さすがに彼女は南手の技を身につけた女だった。

たちまち、敢太が悪戯を開始したことを見抜いて、驚くべきことに、敢太の技に対抗しようと、彼のモノをズボンごしにしごき出したのだ。しかも、その手つきは、まるで、無理矢理早く射精させて、お仕事をかたずけてしまおうとする、商売女のようなものだった。

敢太は、〝違う、違う！〟と思った。そんなやり方だと、男だって、ちっとも気持ちよくないから、逆に気持ちが、すっかり萎《な》えてしまうと……。

それで、敢太のほうは、相手を気持ちよくさせる、彼なりのお手本をしめそうと、フニフニした智の形のいいオッパイを、彼自身、掌《てのひら》で感触を味わいつくしながら、やわやわと揉《も》んでやったのだ。ブラジャーの下に手を入れ、舌で舐《な》め回すかのように、時折、指先で大きめの乳輪にあるポツポツを撫《な》で回しながら……。

突如、乳房を露わにされ、直接揉まれることになった智は、上下に激しくしごいていた手をピタリと止めて、感じたような、驚いたような声を出した。

「あっ、うっ、ず、ずるいです、こんなのぅ……。ちょ、直接、揉むなんて卑怯《ひきょう》だと思わないんですかぁ。……んっ、はぁっ、ふあぁっ、ふぅうぅっ。ひっ、卑怯者！　こ、こんなことされたって、私、負けないんだからぁ……」

智は、喘《あえ》ぎながらも挑戦的な態度をとり、敢太の怒張を挑発するように一層激しくしごきだした。敢太は、また思った。

〝違う、違う。勝負じゃないんだ。オレはオマエがジッチャンの仇でも、北手の技を復讐《ふくしゅう》のために使っているんじゃない。なぜって、北手の技はひとを癒《いや》すためのものだからだ。オマエも男に復讐しようなんて、もう考えるな。オマエは、オレといっしょに気持ちよくなればいいだけなんだ！〟

と……。そして、そんな敢太の気持ちが通じたのか、ある時点から智は、敢太のなすままになりはじめたのだった。

敢太は突き上げてくる衝動を押さえ切れず、智のショーツを下ろし、その左足を抱え上げて、一気に挿入した。熱く猛《たけ》り立つ灼熱《しゃくねつ》の棒を、ズブリと体の芯《しん》に埋められた智は、その瞬間、早くも一度達して、軽く意識が飛んでしまったようだった。

でも、敢太は、なおも力強く、より深く深く、彼女を貫いた。

「あっ、あふっ、んあぁ、気持ちいい、気持ちいぃのぉ……。んんっ、んはぁ、もっと、もっと突いてぇ。もっと激しくぅ、気持ちいいことぉ、してくださいぃっ……」

その息が止まりそうな快楽に、体の奥から満ち溢れてくる喜びを抑え切れず、智は完全に素直になった。特別な奥義を使う必要など、なかった。

「はあぁっ……なっ、なに、これ……。これ、なんなのぉ……。もっ、もう体に力が、入らないぃぃ……。ん、くぅっ！　んっ」

敢太は、さらに、本能の命ずるままに、ズンズンと優しく智を貫いた。

そんな敢太の思いやりを、智は全身で感じ、喘ぎ続けた。

そして、敢太が熱い樹液を放出すると、智も背を反らせ、天に向かって弾けた。

「あぁんっ！　あっ、あふぅっ、はあぁぁっ、頭の中ぁ、もう、真っ白。なにも考えられないぃぃ。あぁっ……イクぅ、イッちゃうぅぅっ。あっ、あああぁぁっ……。うぅぅっ……、あっ、熱い……」

〝男の精液をこんなに熱いと感じたのは初めてだ……〟と、智は思った。その体の芯に注ぎこまれた熱気は、どれほど熱い息を吐き続けても、体から外へ逃げていったりはしなかった。敢太は、ぐったりと、そんなオーガズムのなごりを味わっている智の股間へと手を伸ばし、そこをティッシュで綺麗《きれい》に拭《ふ》き取ると、彼女の乱れた服装を整え、ショーツを穿《は》かせた……。男は女と違い、いつまでも快楽の余韻に浸っているわけにはいかない。

敢太には、ある少女を救い出すという、次なる大きな試練が待っていたからだった。

第一章　奥義封印

まず、話を江戸作の生前から、はじめよう……。

敢太の生家、古森家は、代々続く華道の家元でもあった。

いや、それが生業で、悪戯の奥義、北手の技は、昔から素質に恵まれた者にだけ、細々と伝えられてきたのである。

真面目一方の敢太の父や祖父は、悪戯に関しては、どうしようもなく才能がなかった。

江戸作は、曾孫《ひまご》の敢太に優れた資質を見いだすことによって、ようやく秘伝を伝える跡取りを得たのだった。


……まったく、この師匠と弟子は、いいコンビだった。

なにしろ江戸作は、九十歳になろうというのに、〝エロ作〟と人に呼ばれても、ニコニコ笑っているような、スケベで陽気なキャラだった。

やりたい盛りの十代の少年にとって、こんなにありがたい爺《じい》さんはいない……。

「よいか、敢太！　この技術は、そんじょそこらにいるようなケバいオナゴに使ってはならん！　あくまでも清楚《せいそ》、清純な美少女を選ぶのじゃ！　ただし、例外的に……」

「わかってるって、ジッチャン。制裁の意味をこめて、生意気で高慢チキな女になら、使ってもいいいってんだろ」

「うむ。だがのう……、気をつけることじゃ。ケバいだけあって、男慣れしとるオナゴが多い。このテのタイプは3Kが多いんじゃよ、実にのう……」

「ケバくて、ケムくて、ケリ殺したくなるような女のことだね、ジッチャン」

「おうよ。間違っても、タバコを吸っとるオナゴに手を出したらアカンぞい、敢太。チスの時、ヤニの味がするんじゃ！」

「ジッチャン！　痴漢《ちかん》しながら、キス、決めんのかよ！」

「ぶわぁかもん！」

ピシッ。

大して痛いわけではないが、江戸作は、すぐに指で敢太の手の甲を打つ。

「あうっ」

「痴漢と言うな、痴漢と！　悪戯じゃ！　ワシの伝授した技術を、間違っても、痴漢なぞに使うんではないぞ！」

こんなやり取りをしながら続けられる江戸作の特訓は、敢太にとっても、けっしてつらいものではなかった。

もちろん、父や母の手前、華道の稽古《けいこ》も欠かせない。

しかし、やりたくもない華道の稽古を黙々とこなしてきた忍耐力は、悪戯の技を習得するうえでも、大いに役立った。また、華道の修行で鍛えられた繊細な手つきも、女性の性感を高めることを容易にした。

敢太は、十八歳にして、早くも、なんと江戸作が十年かかって習得した七つある悪戯奥義のすべてをマスターしてしまった。まさに天賦《てんぷ》の才である。

これらの奥義は、実際には、決められた呪文《じゅもん》とともに、女性に向けて、一種の気を発するもので、相手の興奮状態を正確に捉《とら》えているだけでなく、自分自身の興奮度や持続力もコントロールできなければ、使いこなせないのだ。

さらに女性のタイプによって、用いる奥義を選ぶ必要もあった。

つまり、判断力と集中力を極度に高め、目に見えない性的なエネルギーを相手に伝えるわけだ。

だから、呪文だけ知っていても、どうにもならない。

現に江戸作にしても、秘伝中の秘伝である究極の奥義だけは、代々伝わる巻物に書かれてあるとおりにやっているのに、なんの効果も出せないでいた。

そして、その巻物が伝える究極の奥義を、敢太なら、きっとモノにすることができるはずだと、江戸作はずっと長い間、期待し続けてきたのだ。

自分や、息子や孫には無理でも、敢太なら……。

敢太も、そんな江戸作の思いに応《こた》えるべく、日夜、江戸作の指導のもと、悪戯の腕を上げるべく、励んできた。

そう、あの事件を起こした五年前までは……。

……それは五年前、敢太が二輪の免許を取って半年ほど経《た》った、九月のことだった。叩《たた》きつけるように降りしきる雨の中、彼は市街地をバイクで必死に逃げ回っていた。猛スピードで彼を追いつめていたのは、人相の悪い男たちが乗った黒塗りのドイツ車。ことぶき線で悪戯を仕掛けた少女が、組関係のお嬢さんだったらしく、恐ろしい男たちにつけ回される羽目になったのだった。

けれども、敢太は小回りの利くバイクの利点を生かして、かろうじて逃げ切った。

そして、後ろを振り返り、もう追ってはこないことを確認した直後、フラッと飛び出してきた少女を、不注意にもハネてしまったのである。

少女は気を失い、額から血を流していた。

そこは人通りのない寂《さび》しい脇道《わきみち》で、あいにく手元にケイタイも、近くに電話ボックスもなかった……。

一瞬、敢太の頭に、ふと、少女を置いて逃げようかという悪い考えがよぎった。

もちろん、そんな卑劣なことなど、できるはずもなく、すぐに考え直して、なんとか少女をバイクに乗せて、病院まで運びこんだ。

だが、その一瞬の気の迷いが、結果的に、目立った外傷はほとんどなかったにもかかわらず、倒れた時に頭を強く打った影響で、少女の視力を奪うことになったのである……。

「あと少し、運びこまれるのが早ければ、あるいは失明しないでいい可能性が、少しはあったかもしれなかったのに……」

敢太は、手術を担当した医師の、そんな言葉まで聞かされて、完全に打ちのめされた。

ほんの不注意ゆえの事故とはいえ、明るく、まっすぐに育った少女の視力を奪うなんて、彼女が、いっそ死んでしまったほうが、まだましだと考えても不思議でないほど残酷なことだった。


夢村小夏《ゆめむらしょうか》……、それがその少女の名前だった。

彼女は当時、中高一貫のミッションスクールに通う、十三歳の美少女だった。

両親も彼女自身も、はじめは、敢太が見舞いにいくことさえ、強く拒否した。

目が見えなくなって、人の気配に敏感になった小夏は、部屋に家族以外の者がいれば、心を閉ざしてしまうのだ。それで、敢太は、病室にも入れてもらえない日が続いた。

しかし、敢太は諦《あきら》めなかった。

けれども、ようやく示談が済み、両親が彼女には黙って敢太を病室に通した時、聞くに耐えないような恨みの言葉を、小夏は敢太に向かって口にしたのだ。

……でも、敢太のほうは、小夏に責められることで、かえって心が軽くなった気がしたが、彼女は別だった。

敢太が帰ったあと、自分がそんな言葉を吐くようになったことに絶望し、深く後悔し、涙を流して自分を責めたらしい……。

　敢太が、そんな小夏の、あまりにもつらすぎる精神状態に気づいたのは、彼女が病室の窓から飛び降り自殺を図った時だった。いつものように見舞いにやってきた敢太が、誰《だれ》もいない隙《すき》を狙《ねら》って窓から身を乗り出していた小夏に、いち早く気づいた。

　体を張って止めようとする敢太に、小夏は叫んだ。

〝私は目が見えないだけじゃなく、もう人とはうまくやっていけないほど、イヤな人間になってしまった……、離して、死なせて……、お願い！〟

　そう言って、彼女が泣きじゃくったのである。

　改めて敢太は、自分がしたことの重大さを思い知り、心臓がすくみ上がる思いがした。

　もはや、どうしても、江戸作がなんと言おうと、悪戯に励むことなど、まったく、できなくなった。

　せっかく、すでに身につけた、七つの奥義も、自ら封

印してしまった……。

やがて、事故から時間が経ち、敢太も色々と考えるようになった。

そして、小夏に、身勝手だと思いつつ、こう言ったのだ。

〝自分は一生をかけてでも、キミに償いをする。償いをする相手が死んでしまったら、自分も死ななければならない。でも、自分は、自分を育ててくれた両親のためにも死ぬことはできないから、あなたも、つらくても、生き続けてほしい〟

小夏は、呆然《ぼうぜん》と、彼を見つめていた。

しかし、自分を育ててくれた両親のためにも、と言った彼の言葉に、なにかを感じ取ったみたいだった。

もちろん、自分の体をこんなものにした人間に、いきなり心を開くことはできないけれど、たしかに彼女自身も、自分一人だけ、両親を残して死ぬのは、ひどくいけない気がしたのだ。

と、同時に、小夏の頭に、ミッション・スクールでシスターに教わった、ある言葉が浮かんだ……。

〝どんな試練でも、それは、神様があなたのためを思って与えてくださったものです〟

そのシスターの言葉に、当時は条件反射的に、ただ頷《うなず》いていた小夏だったが、いまは、その意味が少しわかるような気がした。それで、彼女は、ともかくも、生き続ける決心をしたというわけだ。

それから、五年が経った。

小夏は、当時に比べれば、いくぶん明るさを取り戻した。

もしかしたら、目が見えるようになるかもしれない、という眼科医の言葉を頼りに、彼女は、病院に通い続けていた……。そして、敢太はといえば、彼女がその病院に通うおりに、いつもバイクで送り迎えしているのだ。

敢太も、もう二十三歳になった。

事故のショックから受験に失敗し、浪人したせいで、親に多額の寄付金を納めてもらうことで入った某私大に、まだ現在、籍をおいてはいるが、さいわい、華道の家元としての将来が約束されているので、あくせくせずに、小夏の世話をやくことができるからだった。

その日も、待ち合わせの時刻になった。

学校帰りの小夏をここまで送ってくれている御茶ノ水博子《おちゃのみずひろこ》の姿が、ロータリーに向かう上りエスカレーターに見えてきた。

「敢太さぁーん！」

周囲の人が振り返るくらい大きな声で、敢太の名を呼びながら、手を振っていた。

その後ろに控える形で、小夏がポッンと立っていた。

傍《はた》から見たら目が見えないなんて思えないくらい、その瞳《ひとみ》はしっかりと前を向いていた。

敢太も、博子の呼びかけに応えて大きく手を振った。

どういうわけか、小夏は敢太の機嫌を察するのに敏感なので、彼が沈んでいたり、元気がなかったりするのは、マズイのだ。罪滅ぼしのために無理矢理とか、嫌々付き合っているとか思われてしまうのを、敢太は恐れていた。

二人の少女は、同級生の十八歳。

彼女たちの通う聖ノーブル女学院の制服は、黒とブラウンのチェックのスカートに、紺のブレザー、そして胸元には、ピンクのリボン着用が決まりだった。

ミッション系にしては、比較的自由な校風で、制服もオシャレなほうといえた。

やがて、博子に先導される格好で、小夏がやってきた。

「こんにちは」

「……」

ひょい、と小夏は顎《あご》をしゃくるように、挨拶《あいさつ》を返した。が、これでもまだ機嫌のいいほうなのは、長い付き合いで敢太もわかっていた。

「おっ待たせしましたっ、小夏ちゃんをお届けに上がりました〜」

敢太も小夏も、博子のこういう陽気なところにずいぶん助けられている。眼鏡《めがね》、三つ編みといった真面目そうな容姿からは想像できないほど、放っておくと、よく喋《しゃべ》る。

　出会って間もないころ、多少不安に怯《おび》えていた敢太も、おかげですぐに打ち解けることができた。近頃は、小夏がわけがあって、病院にいけない日など、博子の買い物にまで付き合わされることがあるほど、彼女とも親しくなっていた。

「それじゃあですね。私はこのまま、お父さんの研究室に向かいますので……あとはよろしく、お願いしま～す」

　彼女の父親は大学の物理学の教授なのだ。

「ありがとう」

「敢太さんにお礼を言われることじゃないですよ……。じゃあね、小夏ちゃん。また明日。バイバ～イ」

「ばいばい…」

「じゃあ、行こっか」

　小夏は、小さく頷いて、敢太の差し出したヘルメットをおとなしく被《かぶ》った。

小夏の手をバイクの後部座席に誘導し、高さを教えてから自分で跨《また》がるようにうながす。はじめの、まだ要領がよくわからなかったころは、小夏の足を持ち上げようとして、思い切りイヤがられたことがあった。必要最低限のことだけ手伝ってくれればいい。必要以上に手伝おうとしても、相手にとっては親切の押し売りでしかないことを、敢太は身をもって知った。小夏がしっかりと跨ったのを確認してから、敢太もバイクに跨り、エンジンをかけた。

驚かせたり、怖がらせたりしないよう、慎重にスタートさせていく。

「……？」

一瞬、敢太は体をかたくした。

腰のあたりに、軽い感触……。最初は弱く、慣れてくると、その力は、だんだん強くなってきた。小夏が敢太の腰を掴《つか》んだのだ。これには敢太も驚いた。

当然のことながら、彼女には最初から、後部座席の後ろにある取っ手に両手を回せばいいよ、と教えてあったし、事実、小夏もいままでは敢太の体に手を触れようとはしなかったからだ……。

敢太の体に掴まらなければならないほど、スピードは出ていない。

いま、自分の目でもスピードメーターを確認したのだから……。

敢太の体が緊張でこわ張ったにもかかわらず、病院に着くまで、小夏は敢太の服から手を離そうとはしなかった。

小夏の手を引いて、総合受付カウンターへと向かう。

顔なじみの看護婦や医師、入院患者たちが、二人に挨拶の声をかけてくる。小夏は黙ってお辞儀をし、敢太は、小夏の分まで明るい声で〝こんにちは〟と挨拶をして回る。

その様子は、まるで恋人同士みたいだった。

一日、退屈な時間を持て余している入院患者たちは、みんな、二人をそういうふうに見ていた。そんなこととはつゆ知らず、いつものように診察室の前で、敢太は小夏の診察が終わるのを待っていた。

しばらくしてドアが開き、看護婦に手を引かれた小夏が姿を現した。

「終わった？」

看護婦に背中を押されて、小夏が敢太の手を握った。

「はい…」

「行こっか」

会計を済ませるまで、待合室で、待たなければいけない。

待合室に着いたものの、小夏は、あまりべらべらと喋られるのが好きではないため、敢太も、自分から話しかけたりはしない。

しばらくして、彼女の名前が呼ばれた。

ようやく診療費を精算し、敢太のバイクが停《と》めてある場所まで向かう。

診察室を出てから、なに一つ会話がないようにも感じる。二人には、それでも無言の会話のようなものが成立していた。

敢太は、小夏の役に立つことこそ自分の存在理由であると思っていたし、小夏は小夏で、自分に対する罪の意識から自由になれない敢太が、自分とは別の意味で、やはりかわいそうだと思っているふしがあった。

二人のあいだには、少しずつ、ほかの誰にも、理解はできない世界が生まれつつあった。

だが、それは、もちろん、異性として惹《ひ》かれ合う気持ちとは、異なるもののはずだった。

……敢太も、それは自覚していて、小夏を異性と意識するようなことはしなかった。

でも、小夏は……？

小夏の気持ちはどうなのだろう？

と、敢太は思い悩んだ。

しっかりと、彼の腰を掴んでいた小夏の手の感触が、彼には、これまでと違う彼女の気持ちのあらわれに感じられたからだった。

さて、この日は、もう一つ、ちょっとした事件があった。

小夏を送っていくために、彼女を乗せて、駐車場からバイクを発進させた直後のことだった。ほかのクルマの陰から、突然、子どもが飛び出してきたのだ。

「うわぁ」

敢太は、慌ててブレーキをかけた。発進した直後とはいえ、驚いて、あまりにも強くブレーキをかけたものだから、後輪が持ち上がり、後ろに乗せていた小夏の体が飛び出そうになってしまった。しかし、かろうじて、それを防ぐことには成功した。

バイクを止めて、小夏をいったん降ろしたあと、すぐさま飛び出して、転んだ子どもを抱き起こした。

「大丈夫か？」

小さな女の子は泣きながら、敢太のほうを見た。見たところ、ほんの少し膝《ひざ》を擦《す》り剥《む》いているだけで、異常はなさそうだった。ホッと安心していると、女の子の姿を見かけたらしい看護婦が後ろのほうからやってきた。

「すみません！　大丈夫でしたか？」

「へ？　あ、ああ、オレは大丈夫ですが……」

「よかったぁ。こら、裕子《ゆうこ》ちゃん！　突然、こんなところで飛び出したらダメでしょ」

裕子ちゃんは、なにも答えずに泣きじゃくっていた。

「あの、え～と……」

なんと言おうか迷っていると、看護婦は苦笑しながら言った。

「大丈夫です。裕子ちゃんはバイクにぶつかったわけじゃなく、びっくりして、ころんだだけでしょう。ねっ、ちょっと膝小僧を擦り剥いただけじゃない。大丈夫でしょ。裕子ちゃん……」

一転して優しい口調で看護婦は、裕子ちゃんをあやしはじめた。

裕子ちゃんは、ひとしきり泣いたあと、ボソボソと何かをつぶやいた。

「おちゅうしゃ……、ヤダぁ……」

がっくり肩を落とす敢太。

裕子ちゃんは、どうやら注射が嫌で逃げ出してきたらしかった。

「お注射嫌い？」

「うん……」

「でもね、お注射しないと裕子ちゃん、早く退院できないよ。お友達と一緒に、元気に遊びたいでしょ」

「うん……」

「ねぇ裕子ちゃんが嫌なら、お姉ちゃんが先生に頼んであげようか。お注射やめてくださいって……」

「ほんとう？」

「うん、本当。でもね、お注射しないと、裕子ちゃん、いつまでも、この病院にいなければならないかもしれないけど、それでも、いいの」

「そんなの、いやだ」

「じゃあ、お注射ガマンできる？　お注射はね、全然痛くないんだよ？　本当だよ」

「うそだぁ……」

「あ～、お姉ちゃん、ちょっとショック。このこのこのっ」

「きゃははは」

「ね、じゃあ、お姉ちゃんが裕子ちゃんと、ずうっと一緒にいてあげる」

「ずうっと？」

「うん。裕子ちゃんが痛くありませんようにって、お姉ちゃんがずうっと横でおまじないしててあげる」

「ほんとう？」

「本当。お姉ちゃん、裕子ちゃんにいままで嘘《うそ》ついたことあるかな？」

「ううん」

「よろしい……。じゃあ行こっか」

「うんっ」

敢太は、さすがに看護婦さんは、たいしたものだと感心した。

「あっ、私、ここの病院の看護婦をしています、春風優香《はるかぜゆうか》と言います。ねっ、裕子ちゃん、こんなところで飛び出した裕子ちゃんのほうがいけないのよ。お兄ちゃんに、ごめんって、謝ったほうがえらいと思うわよ」

「いえ、こちらこそ、なんだか怖い目に遭わせてしまったみたいで……。でも、無事でよかった」

苦笑いしながら敢太は言った。

「じゃあ、お気をつけて～」

そう言って、看護婦は裕子ちゃんの手を引いて、病院に戻っていった。


まあ、なんのこともない出来事だった。だが、待っていた小夏を見て、敢太は、ぎょっとなった。彼女は自分の体を抱きしめて、ブルブル震えていたのである。

「どうしたの？」

すぐさま駆け寄って、小夏を安心させようとした敢太だが、小夏が震えているのは、彼女自身の事故の記憶が原因であることは、あきらかだった。バイクが急停車した時の音が、彼女の忌《い》まわしい記憶をよみがえらせてしまったのだ。

　あの事故以来、敢太は、ずっと、ここの病院まで小夏をバイクで送り迎えしていたわけだが、その際に、バイクで送り迎えすることには、敢太でさえ、最初、かなりの抵抗があった。小夏が自分を傷つけたバイクという乗り物に拒否感を持っていることも、十分考えられたからだ。とはいえ、病院の立地条件、病院までの道のり、安全面、付き添いによる負担を考慮に入れた結果、敢太は、やはり、バイクに決めた。

　小夏は、敢太の杞憂《きゆう》を吹き飛ばすかのように、さしたる抵抗も見せずに、彼のバイクの後ろに乗ってくれた。

　以来、敢太は、小夏を乗せる時は、特に慎重な運転を心掛けるようにしており、スピードも時速四十キロメートル程度に抑え、決して強いブレーキなどはかけないようにしていたのだが……。それなのに、子どもが飛び出してきたために、やむを得ず、慌てて急ブレーキをかけてしまった。


　しばらくして、敢太に、小夏のほうから声をかけてきた。

「すみません……、取り乱してしまって」

　気配で、敢太がずっと彼女を見つめていたことが、わかっていたらしい。

「行きましょう」

「ごめん……、大丈夫？」

小夏は、最初に首を振り、続いて頷いた。

前者は謝りの言葉に向けて、後者は心配する言葉に向けてのものだった。

「ねぇ、バイク……、もっ、もうバイクを使うのは……」

やめよう、と、言いかけた敢太に、小夏はムキになって言った。

「怖くない！　……大丈夫だから。早く帰りましょう」

敢太は何も言わず、黙って言われたとおりにした。

その日は帰り道の走行中、ずっと小夏は敢太の背中に抱きついていた。

腰を掴んでいた時よりも、もっと体を密着させて……。

敢太の背中に、小夏の胸が当たっていた。

その夜、寝る前に、敢太は、小夏のことばかり、考えていた。

そして、彼女と自分のこれからに、何が待っているのだろうか、とも……。

第二章　ジッチャンの死

その日、敢太は、ＪＰことぶき線の車内で、ボンヤリと小夏のことを考えていた。

ふと気づくと、耳障《ざわ》りな中年男性の怒鳴り声が聞こえてきた。

隣の車両らしい。

なんとなく、そちらに目をやると、怒鳴られている女性のほうに、見覚えがあった……。

一週間ほど前、公園のベンチに座っていた時、隣にいて、彼のヘルメットと自分のバッグを、一瞬間違えてしまった、そそっかしいＯＬだった。

たしか、名前は、松下果林《まつしたかりん》って、言ったっけ……。

敢太が彼女の名前まで聞いて覚えていたのは、やはり、そのルックスが、ちょっと目立つくらい、フェロモンを感じさせたからだった。

いかにも一流企業のＯＬらしい、縦縞《たてじま》のスーツ。しかし、その胸元は、上品な着こなしにもかかわらず、きっと同僚の男性社員の目を引きつけずにはおかないほど、魅力的に膨らんでいた。

男が、また、怒鳴った。

「ふざけるな！　なにが間違えただけだっ……　あんたのバッグとワシの鞄《かばん》は、形も材質も全然ちがっているだろう！　あん？　大事な大事な書類の入ったこの鞄を、あんた、持ってくつもりだったな！」

どうやら、またそそっかしい一面を見せてしまったらしい、と苦笑いしているのは、敢太ただ一人だった。他の乗客は、ただ、男のあまりの剣幕に、驚いていた。

「もしやあんた、他社のスパイか！」

敢太は、吹き出しそうになった。

だが、中年男性は、ネチネチと筋違いな因縁をつけはじめた。

「可愛《かわい》い顔してからに……、その体で、ワシのことを惑わそうったって、そうはいかんぞ！　このっ！」

そのＯＬが悲鳴を上げた。中年男性の手が、いきなり、彼女の胸に伸びたからだった。

「なにが、きゃあ、だ！　おそらくライバル会社の回し者に違いない！　おのれェーッ」

「違います！　私、本当に、自分のバッグと間違えただけなんです！」

「やかましい！　言い逃れようったってそうはいかんぞ！　この落とし前はどうつけさせてもらおうかのう……」

見ると、隣の車両は、彼女以外、そのほとんどが男性客だった。

誰《だれ》一人として、彼女の味方になりそうな人間がいない……。みんな、中年男性が若いＯＬの体に触れるのを見て、妙に興奮しているらしかった。

「へへへへっ……、よく見ると、ネェチャン、ええ体しとるやないけ。特に、この尻肉《しりにく》の柔らかさがジューシーそうやねえ……。オッパイもナニを挟んで、パイズリするには、ちょうどいい大きさっぽいで……」

男の関西弁は、いかにも品がなかった。

突如、怪しげな変態オヤジに変身を遂げた中年男は、彼女の胸やら腰やら尻やらを、脂《あぶら》ぎった手で、イヤらしく、撫《な》で回しはじめた。

「きゃあ！　あっ、やめてくださいっ！　いっ、いやですっ！　そんなところ、触らないでくださいっ！　いやあっ！」

「ひっひっひっ、そんなこと、言いながら、本当は感じてるんだろう？　パンティの奥がビショビショに濡れてるんだろ？　どぉれ、確かめてやろうか。ふひひっ……、ひひひ、ハハハハハッ」

他の乗客たちは、よし、いけ、そこだ、押し倒せ、というような、目に見えない無言のエールを送っているかのようだった。

誰も助けてくれないこの異様な状況に、女性のほうは泣きながら逃げようとしたが、みんな見て見ぬフリを決めこんでいた。

「やっ、やめてください！　こんなの、私、嫌です…！　こんなの、痴漢《ちかん》じゃないですか。はじめから、私の体が目的だったんですか、お願いだから、許してください……」

「ぐえっ、へへへっ、元はと言えば、ネェチャンが、ワシの鞄を持っていこうとしたから、悪いんじゃねえか。おお、若い女の肌は、いいのう。プリンプリンしてて、指が跳ね返ってくるわい……。汗の匂《にお》いもワシ好みだ……」

そう言えば、少しはだけた胸元が、匂い立つように汗ばんでいた。

男は、今度は、彼女を羽交い絞めにするような格好で、ストッキングの上から、なおも彼女の太ももを撫で上げ、そのまま、手を上に持っていこうとしていた。

敢太は、もうガマンの限界だった。

自らは悪戯の奥義を封印したとはいえ、無法なだけの痴漢が、やりたい放題、女性をいたぶっているのを見逃すのは、北手駿掌の跡取りとして、許しがたかった。

彼は、ぐいぐいと、肥大した自分の股間《こかん》を彼女の尻に押し付け、悦に入っている変態オヤジの後ろに一気にまわって、背後から、この中年男の股間に膝蹴《ひざげ》りを入れた。

ぎゃふん、と呻《うめ》き声を上げて、変態オヤジは飛び上がった。

その隙《すき》をついて、果林は、変態オヤジの魔の手から逃れることに成功した。

「おい、おっさん」

「ぐっ、ぐぐぐ……　このクソガキァ！」

「みっともねぇ真似は、やめろよな！」

そんな下手糞《へたくそ》な腕で、女性の体を自由にしようなんて、とんでもねぇという意味で言ったのだが、周囲にいた男たちは、むしろガッカリしたようだった。

突如現れた救世主の背中にすがり、松下果林は、ブルブルと体を震わせていた。

「うるせえ、バカヤロォ！」

と言って、バカオヤジは、まだ諦めわるく、片方の手で股間を押さえながら、もう一方の手で、敢太に攻撃をしかけようとした。

敢太は、そのパンチをあっさりかわすと、

「これ、持ってて」

と、果林に、自分の手荷物を渡して、そのまま変態オヤジの手首をひねり上げた。

次に、足払いをかけ、そいつを床の上に転がすと、うつ伏せにし、背中の上に自分の全体重をかけて膝を乗せた。

こうされると、身動きがとれない上に、大声が出せなくなる。ジタバタと暴れる変態オヤジをあざ笑うかのように、敢太は果林に向けて、

「もう大丈夫」

と言った。

「あっ、ありがとうございます……」

自分のバッグを握り締め、果林は敢太に、礼を言った。

そうして、電車が豊満平駅《ほうまんだいら》に着くと、はだけた胸元を直しながら降りていった。

それから、ホーム上から、さらに何度も何度もお辞儀を繰り返す彼女に、敢太は笑顔で手を振った。

と、そこまではよかったのだが、手を振る果林の手には、敢太がつい先ほどコンビニで

買ったばかりのスナックが入った袋が握られていた。

もうドアが閉まっていた。

……しまった！　またか！

発車ベルも鳴り終わり、スルスルとスタートしていた電車は、もう止まらない。

いかに体つきがいろっぽいからといって、彼女のあまりのそそっかしさに、敢太はふたたび、苦笑いをせずにはいられなかった。

まあ、スナック程度だったので、惜しくはなかったが、もう一度、会うことがあれば、一言注意すべきだろうと思ったのは、いうまでもない。

同時に、自分の中に、まだ北手駿掌の跡取りとしての意識があることに、ある種の感慨を持った。もう二度と、悪戯はしないと決めているというのに……。


数時間後、敢太は、いつものように、後部座席に小夏を乗せて、七福公園《しちふくこうえん》駅前から病院へとバイクで向かっていた。クルマで、約十五分の道のり。

バイクだと、交差点からバスの通れない一方通行道路を抜けていけたりもするので、十分もかからない。三車線の交差点を左折して一車線道路になった最初の信号で、敢太たちの乗ったバイクは、赤信号のために停車した。

商店街の真ん中を通る道路で、普段はクルマの行き来も激しいのだが、この日はそれほどでもなく、対向車線にもクルマの姿は見えなかった。

ふとした静けさの中、バイクのエンジン音だけが響いていた。

この信号……、長いんだよなあ……。

敢太は、そう思った。

と、上を見上げた彼の背中に、つんつん、と、小夏が軽く呼びかけた。

「ん？」

敢太が後ろを振り返ると、小夏は、バイクから降ろして欲しいというようなことを、ボソボソとつぶやいた。時計を見ると、まだ病院の受付が終了する時間までには、かなり間があったので、それを了承して、バイクを道路脇《どうろわき》に止める。

自分が先に降りてから、小夏を後部座席から、優しく降ろした。

と、突然、小夏が駆けるような勢いで、さささっと歩き出した。邪魔にならない場所にバイクを寄せようとしていた敢太は、慌てて辺りを見回した。

さいわい、クルマが来る気配はなかったものの、転んだり、どこかにぶつかったりしてはたまったものではない。小夏は、時折立ち止まり、耳をそばだてるようなしぐさをしてから、ふたたび歩き出す……、といった動作を繰り返している。

それを見ながらも、バイクをようやく道端に寄せ、駐車すると、敢太も慌てて小夏のあとを追っていった。

そうして小夏がたどり着いたのは、とあるペットショップの前だった。

ちらっと敢太が店内を見回したかぎりでは、本当にごく普通のペットショップだった。

なにが気になったのか、小夏に聞こうとしたところで、どうして目の見えない小夏が、ここまでたどり着けたのか、敢太にもわかった。

……小鳥のさえずりである。

興味がなければ、単なる雑音の一つとして聞き逃してしまうような小鳥のさえずりも、注意深く聞けば、ちゃんと、どちらの方角から聞こえるか、わかる。

「小鳥か……」

小夏の答えが返ってくることを期待していたわけではなく、ポツリとつぶやいただけだったが、意外にも彼女は、明るい声でそれに応じた。

「以前、この辺りを通った時に、ここからきれいな鳴き声が聞こえてきたんです」

「そっかぁ。きれいな鳴き声だもんなー」

小夏が喜びそうなことを言っておく。

「本当……、きれいな鳴き声ですね……」

二人して、ジッと小鳥の鳴き声に耳を澄ませていると、店の中から気を利かせた店員がやってきた。

「すみません……」

買うつもりはないんですけど、と言いかけた敢太に、店員である中年の女性は、笑って手を振った。

「あらいいんですよ。気にしないでくださいな。好きなだけ聞いていってくださ い」

気さくなおばさんらしく、二人にあれこれと説明をはじめた。

商売というよりは、話し相手を見つけて、うれしいといった様子で、あれはジュウシマツだとか、こっちはセキセイインコだとか……。

最初のうちは苦笑しながら聞いていた敢太も、おばさんの並々ならぬ小鳥への愛情というか、執念に打たれ、身を入れて聞くようになっていた。

そんなこんなで、おばさんの説明が一段落したところで、それまで黙って聞いているだけだった小夏が、ポツリとつぶやいた。

「翼があっても、空を自由に飛びまわれないなんて……」

一瞬、驚いた顔をしたおばさんも、すぐに元の笑顔に戻して、幼い子どもをあやすような口調で言った。

「このコたちを放してあげても、すぐに死んでしまうんですよ」

「えっ、どうしてですか」

「自分で生きる術《すべ》を知らないんです。人に餌《えさ》を与えてもらってばかりで、自分たちで餌を取る術を知らないから。外敵だっていますからね。自分の身だって守らなくちゃいけないのに……だから、このコたちにとっては、こうして籠《かご》の中にいるほうが結果的に幸せなんですよ」

「籠の中の小鳥か……」

敢太は、そう声に出してしまってから、しまったと思った。

籠の中だけで生きている……、生かされている存在。

閉じこめられることと、守られていることは、本当に紙一重の差で、制約の下、与えられたほんのわずかな自由に満足できないのなら、自分から籠の外へと飛び出していくしかない……。けれども、そこは、この小鳥たちにとって、自滅という死と常に隣り合わせの厳しい世界なのだ……。小夏と同じように……。

「私みたい……」

小夏が、呻くように言った。

「……」

敢太と小夏の様子を見て、なにかを悟ったのか、おばさんはペコリとお辞儀をして、店の中へと戻っていった。

「そんなことない……」

おばさんが去ってから、敢太は口を開いた。

「そんなこと……、ないよ……」

だが、小夏は力無く、敢太に言った。

「ほら、よく聞いてみてください……。そう思って聞いてみると、このコたちの鳴き声のなんて悲しいこと……。きっと、このコたちの声に私が惹《ひ》かれたのは、このコたちの気持ちが、私にだけ、なにかを語りかけていたからなんだわ……」

「小夏ちゃんは、籠の中の小鳥とはちがう」

「でも、人に生かされているという意味では、一緒だわ」

「生かされているって……」

「自分一人では、どこにも行けない……。みんながみんな憐《あわ》れむように、私に接する。おとなしくしていれば、可愛がってくれるかもしれないけど、本当は、私がどういう気持ちでいるかなんて、誰もわからない……。ここにいる小鳥のように！　本当は、私だって、一人で生きたいと思ってます……。誰にも迷惑をかけないで、自分一人で生きたいと思ってます……」

「……」

この突然の小夏の告白に、敢太は、言葉を返すことができなかった。

……私の気持ちなんて誰にもわからない……、そうか、と敢太は自分を恥じた。

彼女は、できるかぎり、一人で生きたいと思っているのに、自分もそれを許さない、お節介な一人にちがいないと感じたからだ。

彼女は、自分がいつまでも他人に、こわれものを扱うように大事にされるのが嫌だったんだ……、普通の人間として扱って欲しかったんだ……、なのに、オレは……。

「ごめん……、小夏ちゃんの気持ちに気づかないで……」

思わず、敢太は、そう言った。謝ることが正しいのか、どうかは、わからなかった。

小夏は、もう、なにも言わなかった……。


「どうしたの？　敢太くん」

そう敢太に声をかけたのは、雨岬鮎《あまさきあゆ》。

彼の自宅のある七福公園に近い、〝マミーズ〟というファミレスで、敢太は、いつものように物思いに耽《ふけ》っていた。

誰からも、一種、憧《あこが》れの目で見られている鮎が店長をしている、この店は、彼の幼なじみのお転婆《てんば》娘、寺野美衣《てらのみい》なんかもよくやって来る、敢太のたまり場のひとつだった。

いつのまにか、カウンターで鮎と喋《しゃべ》っていた美衣が、敢太のテーブルの向こうに、腰を下ろしていた。鮎だけではなく、美衣までもが、敢太のただならぬ落ちこみ方を心配しているようだった。

「なに、また、ボンヤリしてるの？　ところで、敢太。わかってると思うけど、あたしとの約束、忘れてないでしょうね？」

美衣の言う約束とは……、敢太が、もう二度と悪戯なんてしないと誓った約束のことだった。敢太より二つ年下の幼なじみ、美衣は、いまは、気の強い女子大生だが、敢太が高校時代に、江戸作の影響下に悪戯に耽っていたことを知っていた。

そして、女性の一人として、そんなバカな秘伝など信じるんじゃないと、何度も敢太に忠告を繰り返していたのだ。

なのに、敢太は彼女に対して、まったく聞く耳を持たなかった。

だが、それなのに、ある日、敢太は美衣に、もう二度とあんなことはしないと約束したのだ。美衣には、敢太にどういう心境の変化があったのか、わからなかった。でも、彼女は敢太に言った。

〝じゃ、あたしは、乱暴じゃない、お淑《しと》やかな女になろうかな〟、と……。

敢太と美衣は、別に恋人同士というわけではなかった。

幼なじみとして、相手を大事に思う心があっても、異性として付き合うことなど、二人にとっては極めて難しいことだった。

敢太の約束は、美衣にとっては、どこまで本気かわからないことだった。美衣は、敢太の事故のこと、夢村小夏の存在を知らなかった。これは敢太が美衣に心配をかけまいとして隠してきたからだった。

でも、近頃でも美衣は、時々、敢太にその約束の話を思い出させるのだった。

「どうなの？　覚えてるんでしょうね？　忘れたなんて言わせないわよっ、ええっ」

ボーっとしていた敢太の体を揺すって、美衣が言った。

「ぐっ、ぐうぅ、おっ、オマエには手加減ってのがないのか……。わっ、わかってるって、覚えてる……。覚えているって」

その時、後ろから、大声が聞こえた。

「そんな約束、忘れちまえ！」

いつの間にか、気がつくと、テーブルの上にひょっこりと小柄な江戸作が座っていた。

「ジ、ジッチャン！」

「エ、エロ作爺《じい》ちゃん！」

「きゃぁっ」

鮎の悲鳴が上がった。

ついほんの一瞬前までテーブルにいたというのに、江戸作は鮎の背後に回り、その立派な臀部《でんぶ》をゆるゆると撫でまわしているところだった。

「あぁっ、んっ、もうっ。んんっ、そっ、そんなトコ……」

さすがは北手駿掌の正統継承者であった。ツボを突かれた格好の鮎は、上気した頬《ほお》を桜色に染めて、荒い呼吸を繰り返しながら、江戸作に恨みがましい目を向けた。

体が痺《しび》れたように動かないので、やめさせることができない……。

「ジッチャン」

敢太に止められ、江戸作は、ようやく手を離した。

「そこまで腐ったか、敢太……。この挨拶《あいさつ》は、古森家に代々伝わる家風ではないか」

「そんな家風、捨てちまえ！」

美衣があきれ果てたとばかりに叫んだ。

……が、江戸作のほうが、一枚上手だったらしい。

聞こえなかったフリをして、敢太のほうへと向き直った。

「敢太よ……、おぬしも一子相伝の北手駿掌の後継者ならば、美衣どのと交わした約束なんぞ忘れて、そろそろ修行を再開しても、ええんじゃなかろうか……」

そう言いながら、今度は美衣のお尻へと手を伸ばした。

「その手は喰《く》わないわよ。このエロ作ジジイッ！」

素早く美衣にその腕を握られ、江戸作は、頭から地面に落ちた。

「あいたたたた。本当に美衣ちゃんは、乱暴じゃのう。やっぱりワシは、お淑やかな鮎さんのほうが好きじゃ……。鮎さん、なあ、その豊満な胸で、美衣ちゃんによって傷つけられたワシを慰めてくだされぇっ！」

江戸作は懲りずに鮎の胸元めがけて飛びこんでいった。

　ところが、今度は鮎にも隙がなかったので、あっさりとかわされてしまった。

「ど、どうしてじゃ？　何故《なぜ》、ワシのことをその豊満な胸で慰めてくれん……」

「慰めるわけないじゃないですか！　冗談もほどほどにしてください！」

　それから、しつこく鮎の胸元めがけて飛びこんでいった江戸作であったが、ことごとく鮎に避けられ、逆に鮎に頭を抑えられてしまった。

「な、何故じゃ？　どうしてじゃ？　ワシは北手駿掌の現・正統継承者じゃというのに。ワッ、ワシの動きを見切るとは……、鮎さん、あんた、只者《ただもの》じゃなかろう」

　こんな騒動を打ち切ったのは、やっぱり敢太だった。

「そんなことより、ジッチャン。今日はなんの用があって、ここに来たんだよ」

「知れたこと！　オマエの翻意を促すためじゃ！　さあ、ホレ！　いまがチャンスじゃ！　動きのとれない鮎

さんの胸を……」

「か、敢太くん！」

頬をほんのりと桜色に染めて、鮎は自分の胸を押さえる。美衣も、敢太がいまにも飛びかかるのではないかと身がまえた。しかし、敢太は大きくため息をつくだけで、なにもしようとはしなかった。

「ジッチャン……、悪い。それだけはできない」

決然とした敢太の様子を見て、鮎と美衣はホッと胸を撫で下ろし、江戸作はガックリとうなだれた。

「思えば、五年前の、あの……」

「ジッチャン、やめろっ！」

鮎と美衣の二人には聞かせたくない。江戸作も、そんな敢太の気持ちに気づいていたので、それ以上、事故のことには触れようとしなかった。

「だが、敢太よ。忘れるでないぞ。北手駿掌の継承者は、オマエただ一人じゃ。ウン百年もの間続いてきたこの技術を、ワシの代で終わりにするつもりは、さらさらないからのう」

「……」

「北手駿掌こそ、心の渇きに飢えた現代人を癒《いや》す……。そう、一種の仁術じゃ！　これほどの術を使えながらも使わないなど、敢太よ。ワシは先代に顔向けできんぞよ」

「そんな役に立たない術、捨てたほうがいいと思います……」

鮎のつぶやきに、美衣は心から同意した。

「のう敢太。後生じゃ。なんとか修行を再開してもらえんじゃろか。オマエには、素質があるんじゃ。北手駿掌創始以来、開祖以外、誰一人として習得できなかった究極奥義を、もしかしたら、オマエなら……。それだけが、ワシの長年の悲願なんじゃ……」

不意に、敢太は、テーブルの上に置かれていた伝票を取って、立ち上がった。

「オレはなにを言われても、もう悪戯はしない。そう決めたんだ」

いつもとちがい、毅然《きぜん》とした態度の敢太に、美衣と鮎は息をのんだ。だが、江戸作は立ち去ろうとする敢太の背中に向けて叫んだ。

「敢太、後生じゃ！　ワシの代わりに、オマエこそが……」

江戸作が最後まで言い終わる前に、敢太はマミーズをあとにしていた。


その夜、江戸作は、なかなか家に戻ってこなかった。

ほかの家族たちは、誰一人として心配していないようだったが、あんなことがあったあとなので、敢太だけは、一人心配していた。

なにか予感めいたものを感じたのだ。

北手駿掌の奥義を二度と使わないと言った時、江戸作は実に悲しそうな顔をした。

その顔が、敢太の脳裏に焼き付いて離れないのだ。

それで、門の前で先ほどから江戸作の帰りを待っているのだが、辺りはすでに真っ暗。

いつもなら、晩飯の時間までには帰ってくるはずなのに……。

江戸作にかぎっては、惚《ぼ》け老人の徘徊癖《はいかいへき》などというような心配をしなくていいだけに、家族の反応は、一応自然だとは言えた……。

夜は、敢太の心配をよそに、どんどん更けていった。

そして、ついに、悪い予感が的中してしまったのだ。

まず、敢太がそわそわと同じ場所を回っていた真夜中過ぎ、見たことのない黒っぽいクルマが急停車し、ドアを開けてなにかを下ろしてから、急発進し、家の前から猛然と走り去っていった。

そして、その場所には血まみれになった江戸作の姿があった……。

「ジ、ジッチャン！」

地面にぐったりと倒れこむ江戸作を見た敢太は、江戸作のもとへ急いで駆け寄った。

「ジッチャン！　どうしたんだ？　いまの奴《やつ》らになにかされたのか？」

これまでのいざこざなど忘れて、敢太は血まみれの江戸作の体を抱き起こした。

「カ、カッパじゃ、カッパが陸《おか》に上がってきて、ワシに引導を渡していきおったぁ……、ワシも……、ヤキがまわったらしいのぉ……」

「ジッチャン、カッパって、誰のことだよ？」

「す、すまん、敢太……。南手の手の者に襲われ、不覚をとってしもうた……。おぬしに、このような醜態を晒《さら》すことになろうとは……、ワシも、もう年じゃのう……」

「南手の手の者って……」

「南手の刺客じゃ」

「刺客だって？　くっそぉ、だからって、こんな血まみれになるまで、年寄りをいたぶるなんて。ジッチャン！　おい、しっかりしてくれよ！　いま、救急車を呼んでくるからな！」

　その時、駆け出そうとした敢太の腕に、江戸作はしがみついた。

「ふっふふ。なあに、ワシのことは、もういいんじゃ」

「よくねえよっ！」

「自分のことは自分が一番よく知っとるわい」

　江戸作の苦痛に歪《ゆが》む顔を見て、敢太は、ますますパニックに陥った。

「死ぬな、ジッチャン！　くそっ、離してくれよ、救急車を……」

「敢太、よく聞くんじゃ……」

「なに言ってんだよ！」

その小柄な老体からは想像もできないほど強い力で腕をつかまれて、敢太は思わず呻き声を漏らした。

「……ッ！　離して、早くしないと、ジッチャンの命にかかわっちゃうよ！」

「……いや、ワシはもう助からん」

「駄目だよ！」

敢太の必死の呼びかけだったが、江戸作は笑って首を振った。

「まだまだ駄目だよ！　まだ、これからじゃないか……！」

「いいや……。ワシの役目は、もう終わる……」

「ちがう！　まだ終わってない！」

「もともと老い先短いこの命……」

「殺しても死なないって自分で笑ってたじゃないか！」

「大して気にしなくても、よか、ろう……」

江戸作は、息も絶え絶えに、最後の力を振り絞っていた。

「駄目だよ！　まだ死ぬには早すぎるよ！　ジッチャンに、まだまだ教えてもらいたいこととか、いっぱいあるんだ！」

「敢太、すまなかった……。ワシももう少し、オマエの気持ちを汲《く》んでやるべきだったと思うちょる」

「いいから！　もういいから！　だから、ジッチャン、頼むから救急車を呼びに行かせてよっ！　ジッチャンの命を救いたいんだ！」

「ふぉっふぉっふぉっ……。オマエのその優しさに、ワシは、何度気持ちを救われたことか、ずっと感謝しとったんだぞ」

「ジッチャン！」

「たのむ。聞いてくれ、敢太よ……」

「ジッチャン……」

「北手駿掌の、究極奥義は……、ゴホッゴホッ！」

「ジッチャン！」

「いや、平気じゃ……。オマエにこれを話すまでは死ねん。その前に敢太よ……聞かせてくれ……。オマエには、命に代えてでも、守りたいものがあるか？」

「ある！　ジッチャンの命だ！」

「この……、たわけものっ……。そうではないだろう。オマエが、奥義を封印する理由になった少女がおろう……」

「……」

「答えてくれ、敢太……。オマエは、あの娘を、命に代えても守りたいと思えるのか？」

江戸作の声を絞り出すような問いかけに、敢太はついに声を張り上げた。

「思える！　あの子が救えるのなら、オレの命だってくれてやる！」

「それで、いい……。それを、けっして忘れるな……。オマエに、究極奥義のことを、話しておこう……」

「究極奥義？」

このころには、もう敢太も、黙って江戸作の言うとおりにすることを決意していた。

悲しみで、胸が張り裂けそうだった。

このままでは、江戸作は間違いなく死んでしまう。

だが、敢太は自分の気持ちを抑えて、江戸作の最期の言葉を聞き漏らさないように、必死で耳を傾けた。

「北手駿掌究極奥義は、〝心眼冥癒《しんがんめいい》〟と言う。ゴホッ、ゴホッ！　敢太よ、聞け……。ワシをおそった南手の手の者は、その究極奥義について記された書が目当てで、ワシをこんな目に遭わせた……」

次々と伝えられる話の内容にも、敢太はさして驚きを見せず、涙を堪《こら》えていた。

「しかし、ワシは最後の力を振りしぼり、たまたま近くを通り掛かった七人のオナゴの体に、七つの奥義を放ち、彼女たち本人にも分からないように、それぞれ、呪文《じゅもん》を刻みこんだ。オマエは、かつて、すでに七つの奥義をマスターしていたはずだ。……といっても、一度、奥義を封印してしまったからには、元通りには使えまい。

だが、ワシが放った七つの奥義を、これらのオナゴに放つと、ワシが刻んだ呪文が必ず現れてこよう。まず、その呪文を集めるのじゃ。究極奥義について記された巻物の入手法は、それで、おのずとわかってくるはずじゃ。……グハァッ」

江戸作は血を吐いた。

「ジ、ジッチャンッ！」

「はぁっ……、はぁっ……、まだじゃ……、まだ、死ねん……。ワシはオマエに何度も言い聞かせたはずじゃ、北手駿掌の奥義は人を癒すものだと。オマエに究極奥義の封印を解く力があるとすれば、その究極奥義を習得した時、オマエは真に人を癒す力を得ることになるだろう。いまは、まだ、これだけしか言えん。七福神じゃ……」

「えっ、七福神って？」

「七福神が、オマエを守ってくれよう。七福神のお告げを聞くのじゃ……。

ワシが、オナゴたちに施した呪文は、北斗駿掌の正統な継承者以外には解けん……。だから、もちろん、究極奥義の書も、いまだ南手の手には渡っていない……」

「ジッ、ジッチャンッ！　わからないよ、それだけじゃ、なにをすればいいか？　それにオレは、痴漢はしないって決めたんだ！」

「たわけっ、悪戯は痴漢じゃない！　忘れるな、敢太よ……、欲にまみれれば、奥義は使えん……」

「でも、オレは、いったいどうすれば……」

「無理じいはせんっ……ゴホッ、ゴホッ！」

「しっかりしろよ、ジッチャン！」

「オマエが、なにをどうするかは、オマエが、オマエの意志で決めろっ……」

「わかった……。ジッチャンの仇《かたき》は……、とるっ！」

「バカ者が……。ふっ……、大きな目的のために、己を捨てることができんで、オマエが命に代えても守りたいと思った者が守れるか、それを考えろ……」

「ジッチャン……？」

「オマエの、成長した姿が見られなくて……、残念だ……」

「嘘《うそ》だろ？　嫌だよ……、ジッチャン……。そんなの嫌だよ……。嫌だあぁぁ！　置いていかないでよっ。まだまだ一人になんかしないでよっ。ジッチャンに、なにもかも教えてもらった……。一人で、しょいこんで、ガマンばかりしたオレに……、生き方を教えてくれたじゃないか！　なんでも、ジッチャンの言うとおりにするから！　だから、いかないでくれっ。オレ一人置いてかないでっ。なあ、ジッチャン……」

江戸作は、息絶えた。

人は、やりたい放題した末の大往生だと言うだろうが、敢太の嘆きと喪失感の深さは、たとえようもないものだった。

しかし、敢太は、天から江戸作の声が、ふたたび聞こえてきたことに気づいた。

敢太。忘れるな。

悪戯は、己のためにやるのではない……。

相手を思う気持ち。それは、いつかきっとオマエにもわかる……。

老人とは思えないほど好色だった江戸作。自分のことよりも敢太のことを優先してくれていた江戸作。悪戯の奥義ばかりか、人との付き合い方まで説いてくれた江戸作。

嗚咽《おえつ》がこみ上げてきた。

やがて、ゆっくりと、敢太は天を見上げた。

そして、いつしか、敢太は、北手駿掌究極奥義〝心眼冥癒〟の謎《なぞ》を解かねばならないと思いはじめていた。江戸作が、最後の力を振り絞って自分に伝えてくれた言葉。

自分の命に代えてでも守りたいもの。江戸作は、それを

守れ、と言った。

わかったよ……、ジッチャン……。

オレは、北手駿掌究極奥義〝心眼冥癒〟を習得してみせる……。

ジッチャンの名にかけて！

こうして、敢太は、江戸作の遺志を継ぎ、北手の奥義書を取り戻すことを、心に誓ったのだった。

第三章　七福神と呪文の謎

〃ジッチャン……、ジッチャンが奥義を放ち、呪文《じゅもん》を刻印した女性を捜すといっても、オレはこれから、どうすればいいのか、まるっきり、わからないよ……〃

敢太は、その日も一日、ＪＰことぶき線や御場急線《おばきゅう》、地下鉄幕ノ内線《まくのうち》などに一日乗り続けていたが、なんの手がかりも得られずに、途方に暮れていた。

ふと、気がつくと、敢太は、鮎のいるファミレス、マミーズの前に立っていた。

しばらく、入るかどうか迷った末に、彼は、そのまま立ち去ることにして、マミーズに背を向けた。

その時、ちょうど店から鮎が外へと出て来て、立ち去ろうとする敢太に声をかけた。

「そこにいるのは、誰《だれ》？」

「……」

思いもかけない鮎の登場に、敢太は、なにも言わずに、その場に茫然《ぼうぜん》と立ち尽くしてしまった。

「あらぁ、やだぁ、敢太くんじゃない！　どうしたの？」

敢太だということに気がついた鮎は、第一声、素《す》っ頓狂《とんきょう》な声を出して驚いたものの、その様子が、いつもと違うことに気がつくと、明るく話していたのが一転し、心配そうな顔になった。

「ねぇ、敢太くん。こんなところで、なにをしてたの？　夏だって言っても、夜は冷えるのよ。ほら、いつまでも、そんなところに突っ立ってないで、早く、お店に入りなさい」

「……はい」

鮎に店の中に入るよう、うながされると、敢太は力なく返事をして、店の入り口をくぐった。

「もぅ、駄目じゃない！　あんなところに、いつまでも突っ立ってたりしちゃ……。あぁ、こんなに体を冷やして……」

鮎は、敢太の手を引いて、店の中に入りながら、そう言った。

彼女には、男の体に触れることに、ちょっと無神経なところがあった。それで、たとえ手を引かれただけでも、彼女の魅力的な、いかにも柔らかそうな、いい匂《にお》いのする体を意識してしまい、敢太は、いつもドギマギしてしまうのだ。

「……すいません」

座席に座ってから、ずっと俯《うつむ》いたままの敢太に、鮎は心配そうな顔で、コーヒーを差し出した。敢太は、差し出されたコーヒーを受け取ると、鮎に申し訳なさそうに謝った。

「別に、謝る必要なんてないのに。ただ、私は、敢太くんのことが心配だったから。どうしたの？　もしかして、なにか悩みごととか、あるんじゃない？　話すのがつらかったら、別に話さなくてもいいんだけど……。もし、よかったら……、この鮎姉さんに、敢太くんの悩みごと、聞かせてくれないかな？」

別に敢太を責める気でなかった鮎は、彼の隣に座ると、優しくそう言った。

「ジッチャンが、うちのジッチャンが、死んだんです……」

一瞬、鮎は敢太が、冗談を言っているのかと思った。

事実、ここまでの敢太の行動は、その下準備かと思い、危うく笑い出してしまうところだった。

「ジッチャンが言うには、悪戯を敵視している、刺客にやられたって……。そう言ってました……」

「……」

「それで、ジッチャン、悪戯の奥義の書、大事な巻物を、オレに頼む、そう言って……。ジッチャン……、たまたま近くを通り掛かった七人の女性の体に奥義を放って、究極奥義について記した巻物の封印を解く、呪文を刻みこんだんですって……。でも、その女性たちを捜そうにも、どうしたらいいか、わからなくって……。それで、気がついたら、この店の前にいたんです」

いまにも泣き出しそうな悲痛な表情で、敢太はいままで胸の内に渦巻いていた行き場のない気持ちを、鮎に打ち明けた。

それから、しばらくすると、鮎は敢太に言い聞かせるように、静かに口を開いた。

「……そうだったの。敢太くんの家に伝わる悪戯の奥義って、ホントの話だったのね？

私はこれまで、あのエッチで、愉快だった、お爺《じい》ちゃんの冗談かと思ってた。もちろん、いまでも、私には、ちょっと信じられないけど……、ねぇ、敢太くん。で、敢太くんは、真実を知りたいわけね……」

「あっ、鮎さん……、ボッ、ボクゥ……」

「大丈夫……。私は、この話、誰にも秘密にしてあげるから。大丈夫だから、敢太くん」

そう言って、鮎は、敢太のことを、包みこむようにそっと抱きしめ、彼の頭を、母親が子どもにするように優しく撫《な》でた。

鮎の胸のふくらみが悩ましかった。そして、彼女の温かな体温が、心まで冷えきった敢太の体に心地よく沁《し》みてきた……。

「うっ、うぐぅっ……、うぅっ……」

すると、敢太の瞳《ひとみ》からは、自然に涙がほとばしり、彼の顔をとめどなく濡らした。

「……なにか困ったことがあったら、いつでもお店に来なさい。できるかぎりの協力はするから……。だから、私には、なんでも言って……」

自分の胸の中で、幼子のように泣いている敢太の頭を優しく撫でながら、鮎は言った。

「つらいとは思うけど、こうなったら、お爺さんの遺言を聞いてあげるのが、いいのかもしれないわね。だから、敢太くん。頑張って。ねっ、私にできることがあればなんでも協力するから……」

「うぅっ、うぐぅっ……。あっ、鮎さん……、オ、オレ……、頑張ります。鮎さんの言うとおり、それが、ジッチャンの最後の頼みだから」

「……うん」

敢太が、奥義書を集めることを鮎に誓うと、鮎は優しく頷《うなず》いた。


と、その時、そこへ、美衣が現れた。

少し前から店に来ていたのだが、二人のやりとりを遠くから見ていて、なんとなく、そばへは来にくかったのだと、彼女は言った。

鮎は、スッと立ち上がって、いままで自分が座っていた席を美衣に勧めた。

「ありがとう、鮎さん。また、敢太が迷惑をかけてたみたいね」

口ではそう言ったが、実は、美衣は、敢太が自分にではなく、鮎に甘えていたことに対して、嫉妬《しっと》に似た感情を覚えていた。

もう、美衣の耳には、江戸作が死んだという情報が入っていた。

「元気を出しなさいよ。あんたが沈んでたって、あのエロ作爺ちゃんが喜ぶわけないでしょうが……」

「そうよ！　敢太くん！　強く生きるのよ！」

「うん、ありがとう。二人とも……」

敢太は、もう美衣との約束は破らざるをえないだろうと思いながら、マミーズをあとにした。

七福神のお告げ……。

江戸作は、たしかに、そう言っていた。

なるほど、この都会には、誰もが知っている七つの神社があった……。

恵比須《えびす》を祀《まつ》った恵比須神社、布袋《ほてい》を祀った布袋神社、福禄寿《ふくろくじゅ》を祀った福禄神社……。

弁天《べんてん》神社、毘沙門《びしゃもん》神社、大黒《だいこく》神社、寿老《じゅろう》神社もある。

困った時の神頼みではないが、敢太は、まず、恵比須坂にある、恵比須神社に詣《もう》でてみた。平日の昼間で、都会の中の一画とはいえ、鬱蒼《うっそう》とした森に囲まれた社《やしろ》には、敢太のほかに、誰もいなかった。

その時、幻聴のように、大きな笑い声が聞こえた……。

「うぉっほん！　これ、これこれ、そこの青年！　そこの、しなびた野菜みたいにパッとしない青年っ！　どうしたんじゃ。なにか、悩み事でもあるのか？」

敢太は、すぐには、自分に話しかけられたのだとは気づかなかった。

だが、その声の主を見て、ぎょっとなった。

その人物は、どこから、どう見ても江戸作その人に見えた……。

「ジ、ジッチャン！　どうしたんだ？　もしかしたら、あの世から、オレに会いに来てくれたの……」

「……ジッチャン？　それは誰じゃ。ワシは七福神の一人、恵比須じゃぞ。この姿を見てわからんのか？」

やはり、江戸作だとしか思えない……。おまけに、七福神が生きている人間みたいに話しかけてくるというのも、信じられなかった。

「……ねぇ、お化けなら、お化けでもいいや、ジッチャンなんだろ。オレに、なにかを教えるために出てきたんだろ」

「だから、違うと言っておろうが！　ワシはオヌシのジッチャンではなく、恵比須じゃ！」

「それじゃ、その証拠を見せてくれよ。七福神である証拠ってやつを」

「うむ、よかろう！」

やれやれ、といった感じで、敢太が自称・恵比須に言うと、自称・恵比須は、もったいぶって頷いた。そして、懐からピンポン玉らしきものを取り出すと、その玉を地面に置き、なにやら、ぶつぶつと唱えはじめた。

「坊さんが屁《へ》をこいた……、坊さんが屁をこいた……」

呪文というには、あまりにバカバカしかった。

なのに、地面に置かれた玉は、独りでに動き出し、さらに、フワフワと浮き上がると、空中をユラユラさ迷いはじめた。敢太は、驚きの声を上げながら、目を白黒させて、その動きに見入った。だが、ふと気づくと、恵比須と名乗った老人は姿を消していた。

「……ほっ、本物なのか！」

そう敢太がつぶやいた時、社の奥のほうから、周囲の木立の葉が風にそよぐ音に混じって、老人の声が聞こえてきた。

「よいか、敢太よ！　すでに機は熟した！　これから、オヌシは持てる力の限りを尽くして、悪戯をするのじゃ！　腕を上げて、もう一度、ここを訪ねよ。さすれば、道は開けるであろう」

「誰に、誰に悪戯をすれば、いいんですか？　ジッチャンが呪文を刻印した女性たちでなければ、意味がないんでしょう」

「うぉっほん！　なんでも、人頼みにするでない。オヌシは、オヌシがジッチャンと呼ぶ老人が、誰彼かまわず、奥義を放ったと思うか？　たとえ窮地に陥っても、オナゴを選ぶ目は確かなはずだとは思わんか……。だとすれば、オヌシは、そのジッチャンの好みを知っておろう。己を信じろ。信じるままに悪戯に励め！」

敢太は、もう声の主が恵比須であろうと、江戸作であろうと、どうでもよかった。

確かに、この神社に来て、自分の進むべき道を知ることができたからだ。

江戸作は、七福神のお告げを聞けと言った。

だとすれば、ほかの六つの神社にもお参りすれば、きっとなにか、わかるだろう……、そう思った。

その夜、敢太は、まず一人のイベント・コンパニオンに、悪戯を仕掛けた。秋ヶ原《あきがはら》のショールームで行われていた新車の展示会で見かけた、歌川《うたがわ》・マリアン・光《ひかる》という、いかにも派手な女性だった。

このところ、すでに何度か、彼女とは、ことぶき線や幕ノ内線で出逢《であ》っていた。髪は金髪、いつもパンツが見えそうな超ミニをはいていて、胸の谷間も、これ見よがしに見せていた。もちろん、清楚《せいそ》で清純とは言いがたいが、敢太が久方ぶりに悪戯を再開するには、もってこいの女性に思えたのだ。

まず、イベント会場へ緊急移動中らしい光の姿を見つけた敢太は、人混みをすり抜けて、彼女に接近した。そして、彼女の背後にぴたりと密着し、スカートへと手を伸ばした。

光は、一瞬、ぴくんと体を震わせ、小さく、「きゃっ」と言った。

それで、周りの視線が光へと注がれたが、もちろん、敢太は偶然を装った。

むしろ、光のほうが、変な声を出してしまったことを恥じているみたいだった。ふたたび敢太は手を光の尻《しり》に当てた。

「……ッ？」

　さきほど、声を上げて恥をかいた光は、咄嗟《とっさ》に、声を喉《のど》の奥へと飲みこんだ。

　彼女は、困惑と怒りを露骨に顔にだし、後ろを振り返って、敢太の手に目を向けると、違和感を感じる部分へ目を向けた。すると、その手は早くも、光のスカートを捲《まく》り上げようとしていた。

　光は、あまりのことに、あっけにとられた。だが、すぐにキッと目じりを吊《つ》り上げ、敢太の顔を睨《にら》みつけると、彼にだけ聞こえる怒気を含んだ声で、ささやいた。

「ねぇ、ちょっと！　なに、あたしのスカートを捲り上げようとしてんのよ！　早く、その手を離しなさいよね！」

　その剣幕に、思わず敢太はたじろいだ。しかし、意を決して、ふたたび掌《てのひら》に力をこめて、スカートの裾《すそ》をぎゅっと握り締めた。

「す、すいません！　で、でも、オレ……」

「なんなのよ！　謝るくらいなら、早く、その手を離したら、どうなの！」

「いや、それは、できません」

「えっ、それってどういうことなのよ！　謝ってるのに、やめられないって！　ねぇ、どういうことか説明してよ！」

「……そ、それは、できません。できないんです。でも、オレがその辺の痴漢《ちかん》みたいに、己の欲望を満足させるためだけに、こんなことしてるんじゃないってことだけは、信じてください」

「なっ、なによ、それ！　その言い草は、なんなのよ！　それに、こんなことする痴漢の、いったい、なにを信じればいいっていうの！　もぅ、わけがわからないわ！」

「すっ、すいません…」

敢太は光から顔を逸《そ》らし、スカートを捲り上げようとしながらも、申し訳なさそうな面持ちで、謝ろうとした。しかし、悪戯されて、〝はい、そうですか。なにかワケがあるなら仕方ありませんね〟などと、言えるはずもない光は、敢太の顔を憎々しげに睨みつけた。

また、敢太も、〝僕の家は悪戯の奥義を代々継いでいて〟などとは、口が裂けても言えない。そのため、ただ謝るばかりで、あとがなかなか続かないでいた。

「だからぁ、謝るんなら、もうやめてって、言ってるでしょ！　早くやめなさいってばァ！」

光は左手でスカートの前の部分を押さえ、捲り上げられないようにしながら、いらつきながら言った。このままで、周囲にバレるのも時間の問題だった……。

それで、敢太は腹をくくって、一気に勝負をかけることにした。

「な、なにするのよぉッ！　こっ、こーらぁ、やめなさいって！」

敢太が、思い切り、光のスカートの裾をぐいっと上に向けて引っ張った。

すると、光は体をこわばらせ、左足を〝くの字〟に曲げて、下着が見えそうになっている部分を隠そうと、足を重ねて、腿《もも》やお尻に擦り寄せ、必死になった。

だが、敢太には、それがかえって、光が腰をくねらせ、誘っているように見えた。

「やだぁ、ちょっと！　こんなところでなにするのよ！　やめなさいってばァッ！」

ようやく眩《まぶ》しいばかりの下着が露わになった。

「こっ、このぉ」

ついに下着姿まで見られて、光が敢太を殴ろうと腕を振りかぶった時、敢太は背後から覆いかぶさって、光の体へ自分の下半身をピタリと密着させた。そして、間髪入れず、両手で、彼女のお尻をショーツ越しに撫で回しはじめた。

「……んんっ、あぁっ…」

お尻ではうようにうごめく敢太の掌の感触に、思わず光は、その半開きとなった唇から、湿り気を帯びた熱い吐息を漏らした。その表情を見ながら、敢太は口を、光の耳に息がかかるくらいの距離まで近づけ、申し訳なさそうに囁《ささや》く。

「すっ、すいません。少しばかり強引ですが、こうさせてもらいます……。これ以上声を立てて、ことを荒げられては、少々困るんで……、本当にすいません」

「あっ、あふぅっ」

すると、耳にかかる息がくすぐったいからなのか、気持ちがいいからなのか、光の唇から、くぐもった声がもれ出した。

「……んっ、ふあぁぁっ……、ん、んくぅっ」

光は、眉《まゆ》がハの字になるほど、眉間《みけん》に悩ましげな皺《しわ》を寄せて、喘《あえ》いでいた。

それは、困っているのか、怒っているのか、感じているのか、まったくわからないくらい複雑な表情だった。

「やっ、やだぁ。パンティー、丸見えじゃない。その手を早くスカートから離して。触るのをやめて。こんなところで、こんなことして、誰かに見られたら、どうするのよぉ」

むっちりとした光の尻を撫でる敢太の手に、彼女の体温が熱っぽく伝わってくる。

その掌を揉《も》みこむように擦り付けると、ショーツのすべすべとした感触も心地よかった。

「はぁっ、あっ、んんっ……。やめなさいよ、もう、いい加減に離れなさいよぉ。私が感じてるとでも思ってるの？　きっ、気持ちよくなんてないわよ。そんなはずないでしょ」

彼女は手足を動かし、体をジタバタと動かした。

だが、その抵抗も次第に弱まり、敢太が掌で尻を撫で上げるたびに、体を弓なりに反らせるだけになってきた。そして、頬《ほお》だけでなく、胸の谷間まで赤く染め、彼女は、唇から抑え切れない、悩ましい喘ぎ声をあげた。

「あっ、熱くなってる」

いまや光のお尻は、ショーツ越しにもわかるくらい、熱く火照《ほて》っていた。

「はぁ、はぁ、はぁ。ふうぅっ」

気がつくと、彼女の膝《ひざ》はガクガクと震え、足にも力が入らなくなっていて、体を電車のドアにあずけ、息も絶え絶えといった感じだった。その様子に、思わず、ニンマリと笑みを浮かべた敢太は、その時、一瞬、心を引き締めて、深呼吸をした……。

それから、目を閉じて、己の情欲にだけ駆られて悪戯をしてはいけないと、自分に言い聞かせ、ふたたび光のお尻を、ゆっくりと愛撫《あいぶ》しはじめた。

光の潤んだ瞳は、いつしか、自ら快感に身をゆだねるように、閉じられていた。

「あっ、うぅっ！」

敢太は、汗ばんだ胸の谷間が悩ましい彼女の上半身を、座席にもたれさせて、彼女がなるだけ楽な格好になるようにした。

「はぁ、はぁ、はぁ、んんっ」

光は座席にしがみつくようにして、乱れた呼吸を整えようとしていた。すでに、ショーツに広がった染みから、愛液がたれていた……。

「……すみません、それじゃ…」

「あぅっ」

敢太は、そのかぐわしいショーツを手早く脱がせ、彼女の中が十分に潤っていることを確かめると、彼女のお尻をぐっと掴《つか》んで抱え上げ、その秘裂へと、ちょうどいい硬さを保っているペニスを埋めた。

その瞬間、光は眉根をぎゅっと寄せ、口を大きく開けて、背中が折れるくらいに大きく反り返った。

「あっ、うぅっ、うぅぅっ……」

息が乱れて、苦しそうだった。しかも、そのきつく閉ざされた瞳から、ぽろりと一粒の涙がこぼれた。その涙を見た敢太は、ものすごく、いたたまれない気分になり、腰を動かすのも忘れて、自分の下で喘ぐ光を茫然と見つめた。

「大きく息をしてください。楽になりますから。ボクに、ボクに、なにもかも任せてください。動きます……、痛かったら、言ってください」

その一言で、光が緊張を解いた。敢太も、もう引き返せない状態になっていた。

だから、そろそろと、腰をゆっくり動かしはじめた……。

すると、いままで、ぐったりと突っ伏していた光の体がびくんと動き、その唇からは熱い息がこぼれだした。

「んっ、あぁっ、はぁっ、あぁぁっ……」

光の中は熱くぬかるみ、敢太のモノを苦もなく包みこんで、きつく締め上げてくる。

「はぁっ、あぁっ、う、動かさないで……。あぁんっ！　動かしちゃ、ダメぇ。うぅっ、すっ、すごい」

敢太は腰を動かしてはいなかった。彼のペニスを貪欲に味わうように、腰を使っているのは、光のほうだったのだ。

「あぁっ、ダメ、私、腰が勝手に動いちゃう。はぁっ……、熱いのが出たり入ったりして……、あぁっ。体が、体が、熱いぃ。ねっ、私、動いてもいい？　私が動いたら、出ちゃいそう？　まだ、ダメ、もっと、あぁっ、頭の中がぁ、真っ白になってぇ……、なにも考えられなくなっちゃうぅっ」

光の動きとともに、その汗まみれの大きな乳房も、ぷるんぷるんと震えていた。

そこで、敢太はラストスパートをかけることにした。

「あぁっ、そっ、そんなに深く……。あっ、あぁんっ、奥まで、奥まできてるうっ…」

「いいですか……。このままじゃ、周囲に気づかれてしまうので……、少し、声を出すのをガマンして、味わってください。それでも、きっと感じますから……」

とどまることを知らないかのように、徐々に大きくなっていく光の喘ぎ声を抑えるために、敢太は北手の技の基本的な一つで、感じ方をお互いに同調させる技を使った。

それにより、光は、敢太に体を貫かれるたびに生じる快楽の、あまりのすごさに、とうとう、言葉さえ失った。

今度は、敢太がリードする番だった。

彼は、光の秘唇の奥深くまで突き刺したのもつかの間、すぐに浅い部分にかりが当たるように、巧みにペニスを動かした。同時に自分の恥骨が彼女のクリトリスをリズミカルに

刺激するようにも、気を配った。こんな行為をたっぷりと繰り返されて、のぼりつめない女性などいないだろう。女性がオーガズムを迎える瞬間に射精する……、いや、女性がオーガズムを迎えられるように射精する……、これは案外、むずかしいことでもある。

ついに、敢太は、腰の辺りから湧《わ》き上がってくる射精感を解放し、光の中に熱く、濃い粘液を、ドクっ、ドクっ、ドクっと、ぶちまけた。

それを体のもっとも奥深くで感じた光は、全身が性器になったかと思うほど、敢太に強く抱きついて、彼のペニスを吸いつくすかのように締め上げながら果てた……。

「はぁ、はぁ、はぁ」

光の秘唇は、敢太の精液を一滴たりともこぼさぬよう、射精後も、なお、きつく敢太のペニスに、ネットリと絡み付いていた。そして、敢太が抜いた瞬間、それで、また感じてしまったのか、彼女は「うっ」と声をあげた。

敢太は、そんな光の秘唇を、ポケットから出したティッシュで、優しく拭《ふ》きとり、側《そば》に落ちていたショーツを穿《は》かせ、その背中に上着をかけてやった。

「本当にごめんなさい。オレにできるのはこれくらいだけど、これで許してください」

そう言って、彼は、かつてマスターした催眠術で、このことに関する記憶を、光の記憶の中から消去すると、光に背を向けた。

ひさしぶりの悪戯としては、まずまず合格点というところだろうか？

彼は脳裏に江戸作の笑顔を思い浮かべ、とりあえず、また七福神に会いにいこうかと考えていた。

さて、敢太は、はじめて恵比須神社にまいったあと、ほかの六つの神社にも足を向けていた。驚いたことに、七福神は、布袋も福禄寿も、弁天も毘沙門天も、大黒、寿老人も、すべて江戸作の顔をしていた。

だが、自宅からもっとも近いのが、恵比須神社だということもあって、敢太は一番多く、恵比須神社にまいっていた……。

だから、光に対する悪戯に成功したその日も、敢太は恵比須に会いにいくことにした。

恵比須は、すぐに現れた。

「おう、どうだ、うまくやっとるか、青年っ！」

「あっ、ジッチャン。いや、ちがった、恵比須さまでしたね。ちょっと、ご報告しようかと思いまして」

「ハハハっ、ワシを誰だと思うちょる……。恵比須というのは神様じゃで。神様はなんでもお見通しだ。報告なんて、せんでええ。それよりも、ちょっと、頼みがあるんじゃが、聞いてくれんかのう」

「えっ、新しいご指示をいただけるんですか……」

「そんな大げさに考えることはないが、まあ、聞いてくれ。あれは、つい先日のことじゃった。ワシがこの神社でのんびりしていると、こともあろうに、このワシに向かって、いきなりタメ口をきいてきたオナゴがおるのじゃ！　そのオナゴというのは、パツ金で、ほとんど布のない、ダイダイ色をした派手な服を着た女じゃった」

なんだ、それは、いま話そうと思った、歌川・マリアン・光のことだろう、と敢太は思った。なんでもお見通しだなんて、本当だろうかと疑いながら……。

「……で、ワシは、オヌシに、あの生意気なオナゴを悪戯して欲しい、と思ったのじゃよ」

その言葉を聞いた敢太は、口をポカーンと開けて、呆気《あっけ》にとられた。

やはり、なんでもお見通しだなんて、まったくの嘘《うそ》だったのだ。

だが、恵比須は、そんな敢太の思いなどおかまいなしに、一人で話の先をしゃべり続けた。

「どうせ、オヌシ……あのオナゴのこと犯《や》ってしまうんじゃろ？」

「はっ、はぁっ？」

「なんじゃ、とぼけおって！　それとも、もう悪戯してくれとるんかいのう？　まぁ、いいわい。ワシは、できれば、その時に、ワシの屈辱を晴らす意味で〝天狗滅罪《てんぐめつざい》〟をつかって欲しいんじゃ！　オヌシ、覚えておるか？　〝天狗滅罪〟なる北手駿掌の奥義を……。あれは、高慢チキなオナゴを懲らしめるための奥義じゃ」

そういえば、ジッチャンは、七人の女性に、七つの奥義を放って、呪文を封印したと言っていた。北手駿掌の基本奥義も七つ、七福神も七人、この神さまたちこそ、どの女性にどんな奥義を放てばいいか、知っているのではないだろうか？

歌川・マリアン・光に対する悪戯に、一度は成功したとはいえ、敢太は〝天狗滅罪〟など放たなかった。彼女には申し訳ないが、どうやら、再度、彼女に悪戯の技を施す必要がありそうだった……。

「ほっほっほっ……。どうしたのじゃ、青年っ！　なにを、そんなに考えこんでいるんじゃ？　ならば、ひとつ、忠告してやろう」

「忠告だってぇ……」

「そうじゃ。オヌシ、とうとう悪戯の究極奥義を習得する決心をしたのであろう。で、その奥義をどう使うつもりじゃ？」

「……どっ、どうって……」

「よもや、当てもなく、使うつもりじゃ、なかろうな？」

「……いや、あの、だって……、それじゃ、マズいんですか？」

いつのまにか、妙な威厳をたたえた恵比須に、敢太は問いつめられるような格好になってしまっていた。

しかも、その迫力がビンビンと伝わってきて、圧倒されてしまい、ついつい、こちらの口調がしどろもどろになってしまう。それを見透かしたように、恵比須は、さらなる威厳を漂わせながら、重々しい口調で言う。

「まあ、その話は、まだ先の話じゃ。よく聞け……。江戸作が、オナゴたちに刻印した呪文は、七つの奥義と呼応しておって、ほかの呪文を使うと、その呪文の封印は、二度と解けなくなってしまうんじゃ。じゃからのう、たとえ、究極奥義でなかろうと、なにもわからぬうちから、おいそれと、軽々しく、奥義は使うでないぞッ！　まず、オヌシには、五年もブランクのある悪戯の技をしっかりと、思い出す必要がある。使い所を間違えば、一生後悔することになるからのう！　……話は以上じゃ。それじゃ、ワシはこれで消えることにしようかのう……。さらばじゃ、青年よ！　また会おうぞ！」

そして、言いたいことをすべて言い終わると、恵比須は懐から煙玉を出して、ドロンっと消えた。

たしかに、また、一つ、謎《なぞ》は解けた。敢太は、ひょっとすると自分だけにしか見えないのかもしれない、その七福神の一人、恵比須の言葉を、江戸作からの指示だと感じて、百パーセント、信じた。それから、奥義の思わぬ特性に驚くとともに、事情がわかるまでは、奥義は使わないほうがいいな、と慎重にもなるのだった……。

「敢太くん、聞いて、聞いてっ」

マミーズに行くと、興奮したように浮かれた鮎が、テーブルにやってきた。

「どうしたんですか、鮎さん」

「敢太くんがこの前話してくれた、女の人の体に封印がっていうやつ、もしかしたら……」

「はい？」

「その中の一人かもしれない人を見つけたの。ほら、お爺さんが乗っていた時間帯の電車に、ちょうど乗り合わせた人みたい」

「なんですって？」

「詳しいことは聞こえなかったんだけど……、なんでも、電車の中で小柄な老人が苦しそうにうずくまったと思ったら、辺りが光に包まれたとか、なんとか……」

「それって……、たぶん、ジッチャンですよ！」

「お店がすごく混んでて、忙しかったから、チラッと聞いただけなの。ごめんなさい」

「その人の容姿……、もしくは特徴とか……」

「本当にごめんなさいっ！　一生懸命思い出そうとしてるんだけど、なかなか……」

「そっか……。いえ、でも、それだけでも、わかったって大収穫ですよ！　ありがとうございますっ。鮎さん！」

ことが動きはじめる時は、なるほど、一気に動き出すのかもしれない。

「ところで、鮎さん、ボクのほうも、かなりいろいろなことがわかったんです。ジッチャンは、いまでも、きっとボクを守ってくれてる……。そう思えるようなことが立て続けにあったんです」

「えっ、なにか、わかったの？　究極奥義をマスターする方法か、なにか……」

鮎は、にわかに興味津々という感じで、体を乗り出してきた。

だが、敢太は、この話をするためには、自分が行っている悪戯のことまで、話す必要があると思って、少し複雑な思いにとらわれた。

そんなことをしている自分を、鮎はいつかのように、あのふくよかな胸に抱いてくれるだろうか？

あの時の、鮎の悩ましい胸の膨らみの匂いは、いまでも記憶に新しかった。

「いや、まだ、わかったことは、ほんの少しだから、鮎さんには、みんなわかれば、ちゃんと報告しますよ……」

鮎は、どういうわけか、わかったことだけでも教えてくれと粘った。

なんでも協力するからとも……。

その熱心さは、ちょっと、鮎らしくないような気がした。

でも、この時は、そのことを深くは考えずに、敢太はマミーズをあとにした。

しかし、この日以降の鮎の情報収集ぶりには、目を見張らせられるものがあった。敢太が、この店に行くたびに、ジッチャンが呪文を刻印したらしい女性の情報を教えてくれるようになったのだ。

たとえば、夏木小鳥《なつきことり》。

彼女について、鮎が最初に、敢太に教えてくれた情報とは、次のようなものだった。

「ねぇねぇ、深夜にテレビを見てたらね、テレホンショッピングがはじまったの。それで、たまたま暇だったから見続けてたら……、サングラスの紹介がはじまって……、そこでね、アナウンサーの女の人が、『これで光る老人を見ても大丈夫です』って、冗談めかして言ってたのよ。もしかしたら、全然関係ないことかもしれないけど……」

「そ、そっか。光る老人の噂《うわさ》って、そんなに有名なんだろうか？」

「いや、私も、ちょっと変だって思ったの。きっと、その人自身が、そんな老人を見ちゃったんじゃないかって……」

その時、ふいに、敢太は、ある女子アナを思いだした。神南駅《じんなん》で街頭インタビューをやっていて、通行人にからかわれていた女子アナだった。

しかも、その女子アナは、ルックスは悪くないが、まだあまり有名でないせいか、よく御場急線などでも見かけることがあるのだ。

さっそく、敢太自身が、調べてみた。それで、すぐに名前までわかったわけだが、彼女なら、たしかに、江戸作が奥義を放っても不思議でない女性だった。

あとは、悪戯をしてみるだけだった。なるだけ、彼女が長い区間乗っている時を調べてみると、御場急線で毘沙門山から虎ノ門《とらのもん》まで乗って、地下鉄幕ノ内線に乗り換え、神南駅まで乗っていることが多いことまでわかった。

だが、彼女に対する悪戯は、簡単ではなかった。

彼女はすぐにキレるタイプのキャラだったのだ。


その日、小鳥は、はじめから、イライラしていた。敢太が気配を殺して近づくと、なにやら、ぶつぶつ言っているのが聞こえた。

「まったく、ロケ車が壊れて、電車移動になるなんて……本当、最低ね！　おまけに、電車の中から中継しようか、なんて、言い出す奴《やつ》まで出てくるし。元はといえば、どうして、人気も実力もあるあたしが、いまさら新人みたいに、こんな仕事しなきゃいけないのよ！」

敢太が、そんな無防備な彼女にスゥーっと手を伸ばして、まず、オッパイに手を当てた。

その瞬間だった。

「きゃあぁっ！」

いきなり、彼女が悲鳴をあげたのだ。

「ちょちょちょ、ちょっとぉ！　何するの！　あなた、いま、自分が何をしているのか、わかってるの？」

「……えぇ、多分。あなたのオッパイを触っているのではないかと、そう思うんですが、違いますか？」

敢太の顔を睨みつけている小鳥に、敢太は淡々と答えた。もちろん、彼女は、その答え方が気に食わなかったらしく、再度、敢太に食ってかかった。

「そうよ！　触ってるのよ！　偶然だって言うんなら、土下座とか、見舞い金なんかの、それなりの謝罪ってやつで、許してあげるわ！」

「……これは偶然なんかじゃ、ありませんよ……。だから、残念ですが、あなたの言うそれなりの謝罪ってやつをする気は、毛頭ありませんから」

敢太は不敵な笑みを浮かべ、そう言うと、小鳥の乳房を服越しに揉みしだきはじめた。

「あっ、んっ、ワザとなら、なおのことよ！　すぐに、手をはなして、謝りなさい。そっ、それが、できないのなら、この場で大声出して、あなたのことを訴えるわよ」

小鳥は怒りを隠しきれない様子で、敢太に言った。ところが、敢太は、なおも顔色を変えず、ひたすら小鳥の胸を揉み続けることを止めなかった。

「んっ、あぁっ、ちょ、ちょっと、聞いてるの？　答えるか、やめるか、しなさいよう」

「……静かにしてください……。こんなところを見られて、恥をかくのは、ボクと、あなた、いったい、どちらのほうなんでしょうね？」

「……そ、それは」

「……ボクは、あなたが、そこまで頭の悪い女性だなんて、思ってませんけど」

「うっ、うぅぅっ」

さらに抗議しようとしていた小鳥のショーツを、敢太は突然下げるという、ちょっとした脅しを小鳥にかけた。敢太としては、本来、いまいち気が進まないため、あまり使いたくない方法だったのだが、いまは目的を遂行するために仕方ない、と心のどこかで、無理やりわりきって、こんなやり方をしたのだった。

でも、やはり、この手口は敢太のポリシーに反していても、効果はあった。

小鳥は慌てて、頬を染め、両目を見開いたまま、固まってしまった。

「あぁっ、卑怯《ひきょう》よ。やっ、やめなさいよ、いまなら許してあげるからぁ」

しかし、敢太はそれにも答えず、小鳥のオッパイばかりか、お尻まで鷲掴《わしづか》みにし、存分にこねまわした。

「はぁっ、い、いったい、何が目的なの？　誰かに頼まれたわけ？　それとも、お金ぇ？もしかして、あたしとやりたいだけぇ？」

敢太の目的を知らない小鳥は、自分の中で考えられるだけで、現実的には、あらぬことばかりをいろいろと想像し、勝手に、怯《おび》えだしたようだった。

「あぁっ、わ、わかったわ！　やっぱり、誰かに頼まれたんでしょ。あの女ね！　同期の、出世競争で、あたしに先を越された川本のヤツに、頼まれたんでしょ！　なんてヤツなのぉ……、あの女ぁ」

小鳥が何か思い当たったような顔をすると、その体からは一気にがっくりと力が抜けていった。彼女は、絶望的な表情をしながら、足元をふらつかせ、ショックで倒れるのを防ぐため、敢太の右足を掴んで体を支えた。

「違いますよ」

「うっ、それじゃ、あの女よ！　男をあたしに寝取られた白石のヤツの仕業ね！　そうよ、そうなんでしょ？」

「いいえ、違いますよ、それに、ボクはそんな女性、知りません」

「じゃあ…」

「……いろいろと、敵が多いようですね。ですが、ボクは、その誰からも頼まれていません。ボクがこんなことをするのは、もっと、別な理由です」

小鳥は、それでも疑い深く、次々と彼女に恨みを持っているに違いないと、彼女が考えている女性の名前を挙げていく……。しかし、敢太は、それも、やんわりと否定した。

「そ、それじゃ、何故《なぜ》？」

「それは秘密です」

「お、お願い、ゆるしてぇ、お金でも、なんでも、あげるから。あふぅっ。そっ、そうだわ！　あたしとしたいんなら、あとで、させてあげる……。だから、ここでするのだけは、やめてぇ」

彼女の敵たちの仕業《しわざ》ではないことを知った小鳥は、今度は敵太自身に怯えはじめ、なんとかやめてくれるよう哀願したが、敢太はそれも拒否し、小鳥の体を責め続けた。

ここでなければ、悪戯にならないじゃないかと思いながら……。


敢太は、小鳥のオッパイの先端にある突起を、衣服の上から探し出そうとしているかのように、小鳥のオッパイを触り続けた。

「ねぇ、あたし、本当はオッパイ、弱いの、オッパイは許して。オッパイは……」

小鳥のその一言で、敢太は、では、こちらならいいのかとばかりに、彼女の下半身にも手を伸ばした。

「あぁっ、ダメ、そっちも、そっちも弱いの。ダメぇ」

胸と尻を刺激され続けた小鳥は、太腿をモジモジと擦り合わせ、背骨が抜けてしまったかのように、腰をクネクネと落ち着きなく動かした……。

「あっ、あたし、こんなところでぇ、ど、どうしよう……。かっ、体が火照ってきたみたい。あぁっ……、揉まれてるところがジンジンしてぇ……。あぁんっ！　服越しなのに、その手、なんか、変な気を発しているんじゃないでしょうね」

小鳥の言ったとおり、敢太は、手かざしで、気を発する北手駿掌の特殊な技をくり出していた。小鳥の体は一度火がつくと、どこもかしこも、うずき出したかのように、汗まみれになった。もう、その頬の筋肉まで、だらしなく弛緩《しかん》し、半分開いた唇から、湿り気を帯びた熱い吐息を切なげに漏らしていた。

敢太は、彼女の太腿を隠していたショーツを、もっと下までズリ下げた。

「んんっ！　あぁぁっ」

ショーツを全部、脱がされた小鳥は、その瞬間にふらつき、バランスを崩してしまった。

「やぁっ、あぁぁっ」

支えを失った小鳥は、電車のドアのほうへと向かって一直線に倒れこんでいった。

「あぐぅっ！」

ドアにしがみつくような形でぶつかると、彼女は無理をして起き上がって、体に異常がないか、確認したあと、必死に、敢太に下げられたショーツを上げようと中腰になった。

「んんっ！　んくぅっ！」

突如、小鳥は敢太に、ふたたび電車のドアに押しつけられた。

ふり返った時、敢太の視線が、まさに彼女の濡れそぼったヘアに向けられていることに気づいて、完全に動転してしまったようだった。

小鳥は一見強気な女性に見えるのに、実は異常なまでに羞恥心《しゅうちしん》が強いらしく、その、いささか濃いめのヘアを隠そうと、太腿同士をモジモジと擦り合わせ、背筋もクネクネとくねらせて、呻《うめ》いた……。

「ひぁっ！　あぁぁっ」

敢太は、彼女が弱いと言った乳首を見つめられれば、どうなるか、見てみたいと思った。それで両乳房を完全に露出させて、指先で、乳首を硬く、しこったように勃起《ぼっき》させた。

一瞬、敢太は、鮎の豊かな胸を思い出した。そして、赤ん坊が吸いつきやすそうな大きめの、その乳首を、腹を空かせた赤ん坊のようにしゃぶってみた。

「あんっ、オッパイが欲しかったのね？　ああ、でも、ダメっ、赤ちゃんは、そんなイヤらしい吸い方なんてしないはずよ。舌を使っちゃ、ダメ、そんなに舐《な》めたり、吸ったりしちゃぁ、胸がくすぐったい。あぁんっ、胸は、もうダメぇ、かっ、感じちゃうぅっ」

いつのまにか、敢太のペニスも、小鳥の乳首に負けず劣らず、ビンビンになってしまっていた……。そこで、それを受け入れるだけ、彼女の秘裂が潤っているか、さっき、彼女が必死になって隠そうとしていたあたりを、二本の指で探った。

「そっ、そこは、ダメぇ、やぁっ、恥ずかしい。そ、そんなとこ、触っちゃ、いやぁっ」

その部分はもう十分過ぎるほど、ヌルヌルだった。そこで、敢太は、もう立つのがやっとという感じの小鳥を、座席のほうへと移動させた。そして、彼女を中腰にして、下半身を自分のほうへと向かせると、ネットリと熱くぬかるんだ秘孔を貫いた。

「はぁっ、いやぁぁぁっ、中はダメ、中で出すのは止めてね。あぁぁっ、こんなところで見知らぬ男に、こんなことされてぇ……。いやぁあぁぁっ……。助けてぇ！　誰かぁ、誰かぁあぁぁっ」

だが、敢太の肉棒は彼が気を発していた掌より、さらに強い熱気を発して、小鳥の充血した粘膜を貫いていた。

「なに、これ、こんなオチンチン、はじめて。あつい、あついよう。やぁっ、いやぁっ、はうぅ、あああっ、ビクビク動く。ああ、中が、中があつい……。いやぁっ。はぁっ、はぁ。奥まで、奥まで、くるう……。あぁっ、きっ、キてるぅ、うぅぅっ…」

もはや小鳥が、これまで味わったことのない快感にわれを忘れていることは、あきらかだった。

「あっ、いいいぃ、うっ、ううう、出して、もういい、もう出していいから、お願い、あたし、息が苦しい。これ以上は、おっ、おかしくなっちゃうぅっ」

本当に小鳥は気も狂わんばかりによがっていた。敢太

はふと、ジッチャンは、この小鳥に、本当に奥義を放ったのだろうかと思った。奥義を放ち、呪文を刻印したなら、この小鳥について、どの七福神に尋ねれば、いいのだろう？

「んっ、あっ、こっ、これ以上は、ホントに、ダメぇぇっ」

どうやら、彼女はそれが限界みたいだった。

とうとう、敢太は、奥義ではなく、小鳥の胎内に、熱いほとばしりを放った。

「あぁぁぁぁっ」

その熱いほとばしりが、胎内に満ちてくるのを感じて、彼女は背筋を弓状に反らし、全身を大きくわななかせ、弾《はじ》けるようにして絶頂を迎えた。

「はぁっ……、はぁ、はぁ、はぁ」

絶頂を迎えたあと、小鳥は、座席にうつ伏せになって、行為の余韻を味わいながら、あわただしい呼吸を繰り返していた。

そんな小鳥の秘唇を敢太はティッシュで綺麗《きれい》に拭き取って、ショーツで隠してやった。

「すみませんでした、こんなことしてしまって……。でも、多分、ボクはもう一度、アナタに悪戯をしなければ、ならなさそうです。それじゃ、さようなら。いまの記憶は一応、消しますが、あたまが忘れても、体でボクを覚えていてください」

敢太は、そう言って、やはり、催眠術で、小鳥の記憶を消すと、もう振り向きもしないで、隣の車両へと移動していったのだった。

第四章　南手の刺客

この日、敢太は、博子からもらったチケットを持って、小夏と二人で、遊園地へとやってきた。博子は、小夏がいつか行ってみたい場所として、その遊園地をあげていたとも、教えてくれて、博子からもらったチケットだなんて言わずに、小夏を誘うようにすすめた。やはり、親友として、小夏のことを気遣ってのことだろう。それで、小夏の気分転換にもなるだろうと、誘ってみたのだ。

この話を持ち出したとたん、小夏は目を輝かせて、『行きます！』と言ったのだった。

小夏は、この遊園地で、敢太との、いろいろな経緯など、忘れているかのように、心から楽しんでいる様子だった。

それを見た敢太も、こっそりと微笑《ほほえ》んだりする……。

いつも敢太が見る小夏からは想像もつかないほど無防備で可愛《かわい》らしい笑顔と仕種《しぐさ》。いかにもこの年代の女の子らしい、そのはしゃぎぶりは、敢太の心までも暖めていくような光景だった。

「……次、あれに乗りましょう」

「あれって……、みっ、見えるの？」

「音と気配でわかります、それくらい……」

「あ、ごめん……」

「いいですよ。ほら、そんなことより、早く早くっ」

「危ないって！」

「アハハハハッ、アハハハハッ、ハハハハハハッ」

「ふう、危なかったぁ」

「これ、何の乗り物ですか？」

「えっ、知ってて乗ろうって、言ったんじゃないの？」

「いいえ。ただたくさんの人の楽しそうな声が聞こえたから」

「それは悲鳴って言うんだよ、小夏ちゃん……」

「怖いんですか、敢太さん」

「いやいや、そうじゃないけど……」

「顔が引きつっていますよ」

「ウソ！」

「ウソです」

「わかった……、正直に言う。やめよう……、これだけは」

「どういう乗り物なんですか？」

「ジェットコースターって知ってる？」

「当たり前です」

「それのウルトラ版……」

「はい？」

「注意書きが書いてあるから、読むね。……当施設は十八歳未満の方はご利用いただけません。また、心臓の弱い方、高齢者の方、妊娠している疑いのある方等は、ご遠慮くださいますようお願いいたします。万が一、当施設をご利用いただいた結果、頭痛、吐き気、めまい、動悸《どうき》、息切れ等、諸症状が発症しても、当方は一切責任を負いかねますので、予《あらかじ》めご了承ください。なお、実際の速度は時速約二百キロメートルとなっておりますが、体感速度はおよそマッハ一・八と推定されております……、これでも乗ってみたい？」

「もちろん」

「本当に？」

「ええ」

「じゃあ、オレも乗る」

「無理しなくていいですよ？」

「じゃあ、乗らないでガマンしてよ……」

「それは無理です」

　こうまで言われては、付き合わないわけにはいかなかった。本当は、こういう絶叫系の乗り物は、苦手だったのだが……。

小夏は大喜びだった。降りてからも、まったく平気だから、また乗りたいくらいだと言った。でも、敢太は、もう懲《こ》り懲りだった……。

「ねぇ、敢太さん、顔青いですよ」

「えぇっ！　みっ、見えるの？」

「見えませんけど、わかります」

「悪い……。ちょっとトイレに行ってきたいのですが……」

「どうぞ」

「そうだ……、お願いだから、ここを動かないでね」

「……」

「頼むよ……」

そう言って敢太は、トイレでゲーゲー吐きまくったあと、小夏の待っているはずのベンチに戻った。

悪い予感が当たった。

薄々は心配していたが、やはり、小夏はいなくなっていた。

迂闊《うかつ》といえば迂闊だ。気持ち悪さなどいっぺんに吹き飛んでしまって、ものすごい勢いで、小夏を必死になって探した。迷子のアナウンスを頼もうにも、ジッと待っていることなんてできそうにない。

くっそっ！　いま、一人にしたら、危険だってわかってたのに……。

この前のことで敢太は、悟っていた。小夏は、人一倍自立志向が強い子なのだ、と。

目が見えないからこそ、そうなってしまったのかもしれない。

誰《だれ》かの力を借りて、誰かに助けられてしか生きられない自分という人間を心底嫌がっている。学校への行き帰りは博子や敢太がいるし、家では両親の目が光っている。

一人で何かをしようとしてもお節介な誰かが必ず自分を助けてしまう。だからこそ、誰も自分を知っている人間がいないところで、自分一人で行動してみたいと思ったのだろう。

それは無理もないことだと敢太も思う。だが、それとこれとは話が別だ。

自分を籠《かご》の中の鳥にたとえていた小夏は、自由になるっていうことも、一人で生きるっていうことも、なんの意味もわかっていないのだ。

もし小夏が、どこかで転んで、怪我《けが》をしてたとしたら……。

もし小夏が、どこかの乗り物に突っこんでしまったとしたら……。

もし小夏が、タチの悪い人間につかまってしまったとしたら……。

そんなふうに思い、気が気でなかった。


ちがう……。ちがうんだよ……、小夏ちゃん。キミの言う一人で生きていくことっていうのは……、こういうことじゃないんだよ……。早くっ、早く見つけないと。手遅れになる前に早く見つけないと……。

不安に満ちた目つきで園内を走る敢太を、道行く人々は何事かと振り返って見ていた。中には指をさして笑っている子どももいたくらいだ。しかし、敢太の目には、そんなものは入らなかった。

自分が笑われていようが、どうでもいいことだった……。パニックを起こしそうな頭の中を懸命になだめて、小夏と別れたベンチの周辺を探し回る。

そう遠くへは絶対に行っていないはずだ……、せいぜいが、半径五百メートルくらいの位置……。その時、ふと、何か騒ぎが起きているのを見つけた。ちょっとした人だかりができていたのだ。

まさかとは思いながらも、敢太はそこに近づいていった。

ガラの悪い、浮浪者みたいな格好をした若者二人が、口にするのもはばかられるほどの汚い言葉遣いで、誰かを罵《ののし》っている。都会人の常で、誰一人として罵られている誰かを助けようとはしない。立ち止まって見物している人間は、まだいいほうで、何事もなかったかのように歩き去っていく人間すらいた……。

そのため、人だかりとはいっても、通れないほどではない。

かき分けて、中心へと近づいた敢太の目に、予想通りの光景が飛びこんできた。

いた!

やはり、罵られていた誰かとは、小夏だった。ガラの悪い若者二人も、相手が女だからなのか、胸倉を掴《つか》んだり、実力行動にはでていない。

その分、言葉で、罵っているらしい。

ところが小夏の目や態度、様子には、怯《おび》えたような感じは、まったく見受けられなかった。ただジッと前を……、この場合は若者二人にガンを飛ばす形で、見つめていた。それが若者二人の癪《しゃく》に障《さわ》ったのだろう。

見物人の制止が入らないのも頷《うなず》けた。

こうして見たかぎりでは、どちらが優勢なのか、まったくわからないからだ。

敢太だけは気づいた。小夏の足が、ガクガクと震えていたことに。

若者の手が小夏の腕を掴んだ。と同時に、小夏の膝《ひざ》がガクンと崩れ落ちる。一瞬驚いたような顔をして、それから、若者二人は、盛大に笑い声を上げた。

頭の回転は鈍そうなのに、やたらとこういうことには敏感な人種がいる。

ほとんど歩けなくなっている小夏を引きずって、どこかへ連れ出そうとしている。

小夏の顔は青ざめ、見えていないはずの目は、救いを求めるように、どこか別の場所をさまよっていた。

アトラクションのない裏路地のほうに連れこまれそうになったその時……。

「やめろ！」

敢太の叫び声が辺りに広がった。

小夏にからんでいた若者たちも、周りを取り囲んでいた連中も、一斉に、みんなが敢太を見た。

「聞こえねえのか！　その手を離せって言ってんだよ！」

突然、目の前に現れた敢太に、小夏の腕を最初に掴んだ若者が叫んだ。

「調子に乗んなよ、ガキがぁ……」

凄《すご》んでいるつもりなのだろうが、敢太はまるで怯《ひる》まない。

手を伸ばせば届くくらいの距離まで、若者たちに近づいていった。

「腕から手を離せってんだよ！」

懸命に怒りを抑えた声。

だが、敢太のただならぬ怒りに気づかないほど鈍感なのか、若者二人は、ヘラヘラと笑い出した。

「はあ？　なんだよ、これ。オレら、悪者？」

「オニーチャン、カッコイイねえ。ヒーローみてえだ」

「このネーチャンがよぉ、どこ見て歩いてんだか、知んねぇけど、オレらにぶつかってきたわけよ、わかる？　謝りもしねえでよォ」

「日本語ワカリマスカ～？」

「プッ、ギャハハハハッ」

敢太は、妙に落ち着き払って、低い声でもう一度言った。

「手を離せっていってんだよ、バカヤロォ」

これには、若者たちも、かっとしたようだった。

「なんなんだよ、てめえ。さっきっからよォ、あん？　コラァ！　ザケンじゃねェぞ、コラァ、手を離せだぁ。このネーチャンが、オレをこうさせたんだぜ。そうだろ、コラッ、オレの肩の骨が外れてたら、このネーチャンのせいだからな！」

「このネーチャンには、これから一生、イキジゴク、見せてやっからよォ」

「てめえも同じ目に遭わせてやんよォ」

「ウハハハハッ」

と言いながら、こいつは、小夏の腕をギュウッと、力をこめて握ったらしかった。

小夏の悲鳴があがった。

「ワリィワリィ！　このニーチャンが、手ェ離せとか、ナメたクチきいてくれっからよォ。オレも力が入っちまったよ！」

「てめえは消えろ！」

若者の拳《こぶし》が、敢太の顔面に向けて飛んだ。が、その拳は、敢太の顔面には届かなかった。

郵 便 は が き

切手を
お貼り
ください

166-0011

東京都杉並区梅里2-40-19
ワールドビル202
株式会社パラダイム
PARADIGM NOVELS
愛読者カード係

住所 〒 TEL ( )		
フリガナ	性別	男 ・ 女
氏名	年齢	歳
職業・学校名	お持ちのパソコン、ゲーム機など	
お買いあげ書籍名	お買いあげ書店名	
E-mailでの新刊案内をご希望される方は、アドレスをお書きください。		

PARADIGM NOVELS 愛読者カード

このたびは小社の単行本をご購読いただき、まことにありがとうございます。今後の出版物の参考にさせていただきますので下記の質問にお答えください。抽選で毎月10名の方に記念品をお送りいたします。

●内容についてのご意見

(　　　　　　　　　　　　　　　　　　　　)

●カバーやイラストについてのご意見

(　　　　　　　　　　　　　　　　　　　　)

●小説で読んでみたいゲームやテーマ

(　　　　　　　　　　　　　　　　　　　　)

●原画集にしてほしいゲームやソフトハウス

(　　　　　　　　　　　　　　　　　　　　)

●好きなジャンル(複数回答可)

□学園もの　□育成もの　□ロリータ　□猟奇・ホラー系
□鬼畜系　□純愛系　□ＳＭ　□ファンタジー
□その他(　　　　　　　　　　　　　　　　)

●本書のパソコンゲームを知っていましたか？　また、実際にプレイしたことがありますか？

□プレイした　□知っているがプレイしていない　□知らない

●その他、ご意見やご感想がありましたら、自由にお書きください。

ご協力ありがとうございました。

間一髪、敢太が左手で、その拳を受け止めたからだ。

「なっ、くっ、このっ、離せ、バカヤロー」

今度は掴まれた左手ではなく、右手が敢太の顔面に向けて飛んできたが、敢太はそれも受け止めてしまった。しかも再び間一髪のところで……。両方の手をとられて、動きのとれなくなった若者を、敢太は冷ややかな目で見下ろしていた。

掴んでいた両手にグッと力をこめていくと、若者の悲鳴が上がった。

「てんめえ、ただじゃ、すまさねぇぞ、コラッ」

喧嘩《けんか》慣れしているようで、ただでは終わらない。

両手を掴まれた状態から一歩引いて、ちょうど敢太のみぞおちを狙《ねら》って、ひざ蹴《け》りを出してきた。敢太は右足を使って、その蹴りを防ぐと、掴んでいた両手を思い切り右側に引いた。そうしてバランスを崩した若者に、軽く足払いをかけたところ、そいつは、あっさりと地面に倒れこんだ。

「で？　ただですまないんじゃなかったのか？」

その瞬間、両手を離し、止《とど》めを刺そうとした敢太に向けて、いままでポカンと事の成り行きを見守っていただけのもう一人の若者が、襲い掛かってきた。

「うるせーんだよ、ベラベラベラベラよぅ」

かまえもなっていない単なる突撃を、右に体をひねることで、あっさりとかわすと、敢太は、立ち上がろうとしていた若者の首筋に、高々と上げた踵を打ち下ろした。

断末魔のような呻《うめ》き声を上げて、まず一人は、気絶した。

その様子を見ていた見物人の間から、ワアーッと大歓声が上がった。

無謀な突撃を試みて、見事自分から床に転がった若者も、ここにきてようやく自分の不利を悟ったらしい。護身用にでも持っていたのか、尻《しり》ポケットから、バタフライナイフを取り出した。刃渡り約十五センチ。言うまでもないことだが、銃刀法違反である。

歓声を上げて応援していた見物人から、悲鳴にも似た声があがった。

「ぶち殺してやるぅ……」

気がふれたみたいな形相で、彼は、バタフライナイフを突き出すようにかまえた。

警察を呼べ、とか、救急車とか、気の早い見物人の叫び声にも敢太は動じず、おもしろそうに手招きをした。

一瞬、気勢を殺《そ》がれた格好になった若者だったが、すぐさま大声を上げながら敢太に向けてバタフライナイフを突き出してきた。

突撃は懲りたのか、及び腰というか、へっぴり腰だった。

シュッ、シュッ、と、ナイフが空《くう》を切る音がする中、敢太は冷静に、左右に体をひねってかわしていった。

おかしい、こんなはずでは……、という考えが、若者の頭をよぎっただろう。

その一瞬の迷いを、敢太は逃さなかった。

目にも止まらぬ速さで手刀を繰り出すと、あっという間に若者の手からバタフライナイフを叩《たた》き落した。若者の瞳《ひとみ》が、恐怖に見開かれていく。

もう、この男は、膝がガクガク震え、動けなくなっていた。敢太がポキポキと、わざとらしく手を鳴らしながら近づくと、彼は恐怖のあまり、膝から崩れ落ちた。

「ハアァァァ！」

敢太は、空手の正拳突きのような格好で、若者の眼前に拳を突き出す。

だが、その手を寸前で止めて、呆《あき》れたように言い放った。

「人を殺そうって時くらい、自分が殺される覚悟もしとけよな」

その言葉は、残念ながら、若者には届かなかったようだった。敢太は、うるさい見物人を背に、地面に座りこんでいた小夏を立たせると、二人で、その場を立ち去った……。

「どうして、黙って、あそこから離れたわけ？」

ようやく腰を下ろせるベンチを見つけて、敢太は小夏を問いつめるつもりはなかったが、こう聞かずにはいられなかった。

「……」

小夏は、すぐには答えなかった。

「オレ、必死に捜したんだよ。何かあったらどうしようって……」

「かまわないで……」

「えっ？」

「……もう、私にかまわないで！　いちいちあなたに心配されるほど、私は子どもじゃない！　私だって、わかってる。一人では、どこにも行けないなんて、わかってます。そんなこと、あなたに言われなくても、わかってます。

だからって、もう心配されるのは嫌なんです。

私だって、普通の人間なんですよ。どうして、私だけが……、こんなに心配されて……。

敢太さんだって、おかしい……。どうして、私のワガママを、ずうっと、ハイハイって、聞いてくれるんですか？

私がこんな状態じゃなかったら、そんなこと、自分でやれって……、勝手にしろって、言ってくれるでしょう。

もう嫌なんですっ！

誰かに心配されて、生きていくのは。もう嫌なんですっ、誰かに迷惑かけて、生きていくのは……。私だって自由に生きたい、籠の中の小鳥は、もう嫌なんですっ。私は自由に生きたいから……」

「それは違う」

「……」

「キミは目が見えないんだから、普通の人とは違う。こんな無茶をしたら、誰だって止めるのは、当たり前だろう？　だいたいキミの言う自由っていったい何？」

「自由……、自由って、私、一人で生きて……」

「こんなところで、他人に迷惑を掛けることが、自由なのか？　他人に心配をかけることが自由なのか？」

「それは……、勝手に心配するほうが……」

「心配するほうが悪いのか？　そうじゃないだろ？　オレの言いたいことは、そんなことじゃない。キミのことを言っているんだ。

本当の意味で、キミが自由を手にするには、しっかりと将来を見据えて、自立することが大事なんじゃないか？

そうなるために、何をすべきかを考えるべきなんじゃないのか？

キミは小鳥たちとは違う、生きる術を身に付けることができるはずなんだ。

みんな、オレだけじゃない。キミが、一人で生きていくことを邪魔しようだなんて思ってはいない。キミが一人で生きていく力を身につけたいのならそう言えばいい。

世の中に目が見えない人はキミだけじゃない。

でも、みんながみんな、誰かの力を借りないと生きていけないわけじゃない。

本当に自立したいのなら、方法はあるんだ。先生から聞いた。キミはいつまでもリハビリを拒否しているって……。

いまのキミは、自分一人で世界中の不幸を背負ったような気になって、やることをやらないまま、何か別のもののせいにしていつまでも前に進もうとしていないだけだって。

みんな、背中を押してくれてるんだよ？

それをお節介だとか思う気持ちはわかる。でも、みんなはちっとも迷惑だなんて思っていないし、みんなキミが好きだから……。

いまよりもっと、キミに輝いてほしいから、そのための協力は惜しまない人たちばかりなんだよ？　これだけの人たちに心配されて、励まされて、それでもキミはそれを迷惑だって言うの？

キミは一人じゃないんだよ？

お父さんだっている。お母さんだっている。オレだって、博子ちゃんだっている。学校の友達もいる……。

キミをそうしてしまった張本人であるオレを恨む気持ちはわかるから、オレがそばにいることを迷惑だって思うのはいいから。

だから、お願いだから、キミのことを心から心配している人たちを裏切らないで……」

敢太の口から発せられる言葉に、驚いたような表情をしていた小夏の目から、大粒の涙が溢《あふ》れ出した。

　敢太は自分が泣かせてしまったのかと思い、またやりきれなくなった。

「ご、ごめん！　言い過ぎたのは、謝る！　た、頼むから、泣かないでくれ！」

　ついさっきまでの威勢のよさはどこへやら、哀願口調の敢太の顔も、泣きそうなほど歪《ゆが》んでいた。

　これほど無防備に泣いている小夏を間近で見たのは、はじめてだった。

　敢太は、ガラにもなく、目の前で泣き濡れている小夏の体を抱き寄せて、彼女の頭を撫《な》でてやった。小夏は、それでも、まるでたまっていた感情を吐き出すかのように、長い間、泣きじゃくっていた。

　突然、敢太は、ジッチャンがこう言ったのを、思い出した。

　……オマエに究極奥義の封印を解く力があるとすれば、その究極奥義を習得した時、オマエは真に人を癒《いや》す力を得ることになるだろう……。

　究極奥義を習得すれば、オレは小夏ちゃんに、なにをしてやれるのだろう？

　敢太は、一刻も早く、それを知りたかった……。

　究極奥義の謎《なぞ》は意外にも、その夜、鮎によって知らされた。

　実は、この一週間ほどの間に、鮎は、ジッチャンが、呪文《じゅもん》を封印したらしい七人の女性について、毎日のように情報を仕入れて、敢太に教えてくれていた。

敢太はといえば、あの歌川・マリアン・光に、再度、悪戯をしかけ、恵比須の望み通り、北手駿掌の奥義〝天狗滅罪〟を放って、呪文の封印を解けば、どうなるかというところまで、かなりな程度、理解しはじめていた。

光に、奥義〝天狗滅罪〟を放った時、不思議なことが起こったのだ。

自分の興奮度を高めて、それを力の源として、女性をしてオーガズムにいたらしめる気を放つ奥義〝天狗滅罪〟……。

まず、この奥義を放った瞬間に、光の体に大きな快楽の波が走って、その体に呪文がぼんやりと浮かび上がった。そして、敢太が射精して、光がオーガズムに達した時、光の肌に浮かんでいた呪文が、空中へと煙のように昇っていったのだ。

さらに、その呪文は、空中でピカッと輝いて、光の龍《りゅう》に変わった。

敢太は思わず、「龍!」とつぶやいた。

そう敢太が漏らしたのもつかの間、龍は敢太に向かって降りてくると、スルスルと彼の腕に巻きつきだした。それから、その体のすべてが、まるで最初からそこにあったように巻きつき終わると、龍はまたもやピカッと光り、元の呪文へと戻ったのだった。

すでに、光の肌は、何もなかったかのように綺麗《きれい》になっていた……。

もちろん、敢太は、さっそく、その痣《あざ》のように彼の体に巻きついた呪文を、恵比須に見せにいった。恵比須は、それこそ北手駿掌の継承者の証だと言って、一つの巻物を伝授してくれた。それで、わかったことは、とにかく、この巻物をすべて集めることが、究極奥義について記した巻物を入手する条件だということだった。

　電車内での情報収集と、鮎によってもたらされた他の六人の女性たちの情報……、あとは、これらの女性たちから呪文を回収し、ともかく、七つの巻物を揃《そろ》えればいいだけだと、敢太は思っていた……。


「ねぇ、敢太くん、聞いて、聞いて！　今日は、ものすごいビッグニュースがあるの」

マミーズに行くと、興奮したように浮かれた鮎が、テーブルにやってきた。

「なっ、なんです？　……そのビッグニュースって……？」

　敢太が目をぱちくりさせて尋ねると、鮎は嬉しそうに答えだした。

「うふふふふっ、それはねぇ、敢太くんが集めている、お爺《じい》さんの形見の巻物には、すごい力があることがわかったのよ」

「すっ、すごい力？」

「そう、すごい力！　何でもね、巻物が全部集まった時に習得できるようになる究極奥義が、奇跡を起こすらしいのっ。いい？　一度しか言わないからよく聞いてちょうだいっ」

　そう言って鮎が語りだした究極奥義の起こす奇跡の力とは、敢太にも信じられないようなものだった。

一つ、不治の病を癒す。

二つ、不老不死の体が手に入る。

三つ、永遠の若さと美貌《びぼう》が手に入る……。

嘘《うそ》みたいな話だが、これこそ究極奥義で起こせる奇跡の力だというのである。

「えっ、でも、鮎さん、どうして、そんなことが、わかったんですか？」

「いつものように、お店のお客さんの話を、聞いちゃったのよ」

「でも、それって、ただの普通の人がする噂話《うわさばなし》とは、思えないじゃないですか」

「そう言えば、そうね。巻物を集めれば、なんてところまで、普通じゃないものね。でも、ホントに聞いたのよ。この話が本当だということは、すべての巻物を集めることによって、敢太くんが、そんな奇跡を起こせる人になるのかもしれないと思って……」

確かに、もし、本当なら、小夏の目を治せる。

冷静に考えてみると、不老不死、永遠の若さも捨てがたいのに、敢太は、迷わず、小夏のことしか、考えられなかった。

三つの奇跡は、どれにせよ、嘘みたいな話だというのに、敢太は自分でも不思議なほど、その話をすんなりと受け入れていた。

北手駿掌の究極奥義……〝心眼冥癒〟という言葉の意味を考えてみれば、いずれは、そこに行き着くはずだったのかもしれない。

そして、もう一つ。江戸作に何度も叩きこまれた北手駿掌と南手阿漕掌の因縁について、こう語る文章がある。

……その流派は一子相伝で、その奥義を極めし者は、あらゆるものを、その二つの掌《てのひら》で癒すという……。

そっ、そうか……。

だから、ジッチャンは、「自分の命と代えてでも守りたいもの」って言ったのか……。

そして最期……、それを伝えるにはあまりにも時間がなさすぎた。それで、ジッチャンは、封印のことだけ伝えて……。

ジッチャン……。

「ただね……、この究極奥義は、一度使うと、巻物は消滅……。もう二度と、その究極奥義を使えなくなるそうよ」

「そっ、それって……」

敢太は、ふたたび、いったい誰がそんなことを言ったのか、そのことに不審を抱いた。

「ねぇ、鮎さん、それを話していた人って、どういう人でした？　オレ、そんな情報を知っているなんて、南手の手の者以外に考えられないんだけど……」

鮎の話によって、まず敢太の頭の中に浮かび上がってきたのは、江戸作の仇《かたき》についてだった。そのため、敢太は鮎に詰め寄り、この話をしていた人物の人相まで知りたくなったというわけだ。

「ご、ごめんなさい。巻物の話を聞いて、浮かれちゃってて、話していた人がどんな人か覚えていないの。でも、話していたのが女の人だったたってことくらいは、覚えているんだけど……」

だが、江戸作の仇は、どうやら、女であるらしい、ということだけはわかった。

「あっ。ごめんなさい、鮎さん。オレ、感情的になって、急に大声出したりして」

「うぅん。別に気になんかしてないから、そんなに落ちこまないで。お爺さんを殺されてる敢太くんにしてみれば、感情的になるのは、当たり前のことなんだし……。それよりも、究極奥義のすごさがわかったんですもの、まずは、そのことを喜びましょう」

「そうですね」

そうだ、小夏ちゃんの目を治せる、オレに、そんな奇跡みたいなことが起こせるんだ。

ジッチャンだって、仇討ちを後回しにしても許してくれるだろう。

あの、小夏ちゃんの目が、治せる……、究極奥義さえ習得できれば。

ハタと、我に返った敢太は、鮎に感謝すべきだと思った。

すると、鮎は、敢太の手を取って優しく慰め、元気づけた。

「仇討ちよりもまず、巻物を集めましょう。仇なんか討っても、お爺さんは喜ばないわ。それよりは、お爺さんの長年の望みだった通り、敢太くんが究極奥義をマスターできるようになることのほうが、あの世から、誉《ほ》めてくれるわ」

「そっ、そうかな？」

「そうよ。だから、頑張って！　私、応援してるから」

「はっ、はい、わかりました。鮎さん、ありがとうございます！　オレ、鮎さんの応援に応《こた》えられるよう頑張りますから」

　敢太はそう言うと、意を決して、元気よくマミーズから飛び出していった。


　その翌日から、敢太はこれまで以上に、よりいっそう、悪戯に集中できるようになった。早朝から深夜まで、すでに判明しているジッチャンが奥義を放った女たちに、奥義を放って、深いオーガズムを体験させるべく、頑張り続けるようになったのだ。

　その中には、あの女子アナの夏木小鳥や、優しい看護婦の春風優香、そそっかしいＯＬの松下果林も含まれていた。

　その後に、わかったのは、なんと、小夏の友達、御茶ノ水博子、デパートガールの永島《ながしま》美麗《みれい》、スチュワーデスの高嶺沢華世《たかねざわはなよ》……。

　この人選は、さすがにジッチャン、女を見る目だけは大したものだと思わずにはいられないようなものだった。

そして、七福神の助けで、ついに、夏木小鳥には〝咆哮壊牙《ほうこうかいが》〟、春風優香には〝白夜遊《びやくやゆう》楼《ろう》〟、松下果林には〝粗忽一戒《そこついっかい》〟、御茶ノ水博子には〝天真陽炎《てんしんかげろう》〟、永島美麗には〝白日《はくじつ》夢想《むそう》〟、高嶺沢華世には〝凛呼流逸《りんこりゅういつ》〟という奥義を放てばいいことまで、わかったのだから、あとは行動あるのみだった。


その朝の最初のターゲットは、デパート・ガールの永島美麗だった。彼女は、なにか用があって、仕事でどこかにいくのか、デパートの制服を着たまま、この列車に乗っていた。

列車は、どちらかといえば、空いていたが、敢太は、騒がれれば、素早く逃げる気で、後ろから彼女の胸に手を伸ばした。

「んっ？」

美麗は、一見、高校生かと思えるほど童顔の敢太が、いきなり、こんなことをしたことを不審に思って、あまり騒がずに、逃げようとした。

敢太は、もちろん、彼女を追って、離れようとはしなかった。

美麗は、逃げても逃げても、ついてくる敢太に、いつのまにか、車両のはしの、これ以上、逃げられない位置にまで追いつめられてしまった。

「やっ、やめてください。あぁっ、やめてぇ……」

彼女の逃げ場がなくなったのをいいことに、敢太は、そのゆたかな乳房をやわやわと、揉《も》みしだいた。美麗は、いまにも泣き出しそうな顔で、恨めしそうに顔を後ろの壁に向けた……。

敢太は、とにかく、できるだけ彼女が感じるように、気持ちをこめて、揉み続けた。乳首の位置をさぐり、その突起が硬くなるまで、指先で刺激したり、彼女の首筋に息を吹きかけたりしながら……。そして、彼女の抵抗が弱まったところで、すかさず、上半身をブラジャーが見えるまではだけさせた。

彼女のブラジャーは、ピンクの、人に見せずにおくなんて、もったいないような代物だった。敢太は、女性の下着のブランドなど、よく知らないが、それが高価なブランド品だということは、あきらかだった。デパート・ガールだけあって、きっとあらゆるブランド品に詳しいにちがいない。

仕事を終えたあと、カレシにでも見せるために、こんな下着をつけているのだろうか？

一瞬、敢太は、そんなことを思った。やはり、セクシーな下着のせいで、豊かな膨らみは、より悩ましく、魅力的なものに見えた。

敢太は、もう揉んでいるだけではガマンできずに、乳首を吸ったり、しゃぶったりしたくなった。でも、自分の欲望より、女性の快感を優先するのが、悪戯の極意だと思い直して、乳首ではなく、彼女の首筋に熱いキスを繰り返した……。

「ねえ、あなた、女の人に飢えているの？　そんなにかわいい顔なら彼女なんて、何人でもつくれるんじゃないの？」

敢太が、あまりにも真剣に、美麗の肌を味わおうと必死になっているように思えたのか、彼女は、あえぎながら、敢太にたずねた。

「オッパイ、吸ってもいいですか？　ガマンできないくらい、吸いたいんです。お願いです。許してもらえませんか？」

「えっ」

美麗は驚いた。痴漢《ちかん》が、こんなことを言うなんて、はじめてだったからだ。

でも、いくらなんでも、自分から、許してあげるなんて、言えなかった。

それで、黙って、目を閉じた。

そして、ブラジャーをはずされて、オッパイを丸出しにされても、なされるままになっていた。目を閉じているのに、乳首に痛いほど、男の視線を感じた。

オッパイには、中学のころから自信があった。これまで付き合った男も、みんな、美麗のオッパイに夢中になった。

……でも、乳首の色だって、十代の時とまるで変わらなかった。

いま、その自慢のオッパイを、見知らぬ若い男に吸わせようとしているのだと思うと、美麗は、下半身が熱を帯びてくるのを止められなくなった。

敢太の唇が美麗の乳首をとらえた。最初はおずおずと、しだいに、夢中になってリズミカルに強く、まるでオッパイをまるごと吸い尽くそうとするかのように……。

美麗は一瞬、ちょっと痛いと思った。しかし、その痛みが、かえって、快感を増幅した。

こんなに真剣にオッパイを吸う男の子なんて、はじめてだと彼女は感じた。

「あっ、はぁっ……、あぅっ、私のオッパイ、おいしい？　ああっ、はぁぁ」

彼女は自分で、なにを言っているのかさえ、なにがなんだか、わからなかった。そして、やはりブラジャーと同じ色のショーツを、グショグショに濡らしてしまっていた……。

だが、この時、敢太は必死になって、意識を集中していた。自分の興奮度をピークまで高めなければ、奥義を放つことができないからだ。相手を感じさせながら、気配りも失わず、自分の興奮度を高める……、そのための意識の集中が、じつは敢太の美麗に対する愛《あい》撫《ぶ》の真剣さの理由だった。

　敢太は、甘い美麗の体臭を思い切り、胸の奥まで吸いこんだ。そうするうちに、どんどん、体の中に気が満ちてきた。

　ついに、敢太は、北手駿掌に伝わる奥義の一つ〝白日夢想〟を放った。

　その瞬間、美麗は、なにが起きたのかと思うほど、頭の中が真っ白になった。

　……そんな美麗の肌に、呪文がじわぁ〜っと浮かび上がってきた。

「んんっ……、はぁっ、んっ……、はあぁぁっ……」

乳房を丹念に責め続けられた美麗は、熱い吐息を漏らし、体を激しくわななかせていた。すでに、自分の体を満足に支えきれなくなっていた。

「あっ……、はぁっ、あぅっ」

崩れ落ちそうになった美麗の体を、敢太が間一髪で抱き寄せた。

「大丈夫ですか？」

「あっ、んんっ……」

ちょっと心配そうに、美麗に様子を尋ねる敢太であったが、その片手は、ふたたび執拗《しつよう》に美麗の汗ばんだ乳房を、こね回すように揉み上げていた。

「そうだ、ちょうど、あそこの席が空いているので、あそこに座りましょう」

そう言って、敢太が美麗のことを抱きかかえたまま座席へと移動した。

美麗は、瞼《まぶた》を半分くらい下ろし、目じりを垂れさせ、うっとりとしたような表情で、敢太のなすままになった。

敢太は、美麗を抱えたまま、座席へと座った。

美麗は、小さい子が母親の膝の上に座るように、敢太の膝の上に腰を下ろした。

そこで、敢太は、美麗の股間《こかん》へと手を伸ばし、完全に濡れそぼったショーツの上から、その濡れ具合を調べた。しかも、ショーツの横からスッと指を差しこみ、美麗の泉の開き具合まで直接確かめた。

「……もう、いいみたいですね…」

「や、やだぁっ……。はっ、恥ずかしぃ。こっ、こんなところで、まさか……」

「だって、こんなに濡れてるんですよ。ボクはガマンできない……、許してください」

彼女だって、もうガマンできないはずだった。そうは思ったのだが、敢太は、それでも、また、お願い作戦で、彼女の許しを求めた。

口ではお願いしつつも、行為では、自分のほうが常に彼女をリードして、ここで、美麗のショーツを、一気に脱がした。

美麗のその部分は、ヌルヌルになった粘膜がめくれ上がり、半開きに中まで見える状態だった。敢太が、ズブリと美麗の肉の裂け目に自分のものを突き立てた。

「ひぐぅっ！　ひっ、ひあぁっー」

胎内に熱い異物が挿入された瞬間、美麗は背筋を引き絞られた弓のように反らせ、完全に彼のものを受け入れた。

「はぁっ、あっ、太くてぇ〜、息が、つまるぅ〜、あそこが、熱くて、溶けちゃうぅっ、あそこが溶けちゃうよぉ〜」

美麗は羞恥《しゅうち》のあまり、顔を横に向けて、目を閉じているのだが、彼女の秘唇は、敢太のモノを、しっかりとぎゅうぎゅう締め上げてきた。

「あっ！　はあぁぁっ、奥まで、奥まで入ってくるのがわかるぅ、あっ、頭に星がぁー、

頭の中で、星がちかちかするぅ……」

敢太が深く突き上げるたびに、美麗の体は、操り人形のように、敢太の動きのままになった。それに伴い、二つの乳房も、ぷるんぷるんとゴム鞠《まり》のように揺れた……。

「はぁっ、あああっ、こんな恥ずかしいことを、されているのに、私、私、ああ、いいいい……」

敢太も、吸い付くような美麗のアソコの感触の、あまりのすばらしさに酔いしれて、我を忘れそうになった。

美麗もあまりの快感に涙まで流して、自分から腰を使いはじめた。

……こんな綺麗な人が、デパートの制服のまま、羞恥心に顔を真っ赤に染めながら、オレの腕の中で、自分で腰を使うなんて……。

そう思うと、敢太も、満足感でいっぱいになった。

そして、二人はどんどん昇りつめ、いっしょにオーガズムを迎えた。敢太が、美麗の胎内に熱いほとばしりを放出した瞬間、美麗も深い解放感とともに、絶頂を迎えたのだった。

その瞬間である。

美麗の体に浮かんだ呪文が、彼女の肌から空中へと浮き上がり、ピカッと光った。

敢太が、眩《まぶ》しさから閉じた瞼を、ふたたび開いた時、呪文は、光の龍に変化していた。

「光の龍！」

そうつぶやく敢太の腕に、その龍は巻きついてくる……。そして、そのすべてを敢太の腕に巻きつけた時、龍は再度輝いて、元の呪文へと戻った。

なにもかも、歌川・マリアン・光の時と同じだった……。


次は高嶺沢華世だった。

目的の、スチュワーデスの制服を着た、華世を見つけた敢太は、あらためて、ジッチャンの制服好きを思い出した。考えてみれば、デパート・ガールにしても、ミッションスクールの生徒にしても、看護婦やスチュワーデスにしても、その制服を着ているというだけでも魅力的に思えてしまう相手ばかりだった。しかも、脱がせれば、もっとすごいことまで見抜いて奥義を放つなんて、本当にジッチャンはすごいと思わざるをえなかった。

彼女に悪戯すべく、接近していった。さりげなく人混みをかき分け、車両移動しているように装う。

うッ！　こ、これは……。

華世の側《そば》まで近づいた敢太は、思わずハタと立ち止まってしまった。というのも……。

華世の機嫌がいかにもわるそうだったからだ。

華世は、その日のフライトであったイヤな出来事を思い出して、つくづく疲れ切っていた。敢太は、一瞬、別の機会まで、おあずけにしようかとも思った。

しかし、できるだけ早く呪文を回収したいという欲望のほうが、やはり勝っていた。機嫌の悪い女性に悪戯する場合は、時には、強引な手を使う必要がある。もちろん、そんな場合でも、最終的には女性を気持ちよくさせなければならないのは、言うまでもないが……。

敢太は、まず、華世の横へごく自然に回りこむと、おもむろに、彼女のスカートのサイドにあるファスナーを、まるでそうするのが当然のように下ろし、そこに手を差しこんだ。

当然、華世は敢太のあまりにも強引な手口に驚いて、やや厳しい目つきで敢太の顔をぎろりと睨《にら》んだ。そして、彼の手を振りほどくために、周囲の人間に気づかれないくらいの動作で、肘打《ひじう》ちで逆襲してきた。ところが、敢太は、やめるどころか、大胆にも、華世のクリトリスに指先を当てたのだ。

さすがにこれでキレた華世は、

「ちょっと、何をしてるんです。いますぐ、その手を離しなさい！」

と、小声で敢太に言い放った。

それなのに、敢太は、まったく動じなかった。

「ハハハッ。あなたが、どんなことをしようとも、やめる気はありませんから。あぁ、そうそう、大声は出そうとしても無駄ですよ。これでも、一応、声を出せなくする秘孔を、いくつか知っていますから、こんな風にねっ」

敢太は、ムッときている華世と、目線を合わさずに、そう言うと、喉元《のどもと》にあるツボを、ほんの一瞬、ちょんと指で突いた。敢太はまだ本当に声が出なくなるほど、秘孔を突いたわけではなかったが、華世は驚きのあまり、敢太にガンガン肘打ちを繰り返した。

……痴漢の分際で、態度が大きいことが、許せなかったのだ。

散々肘打ちを打ちこまれても、やめようとしない敢太に、華世は、ますます、いらだった。そのためか、華世は肘打ちを続けながらも、右足で敢太の足まで踏みつけはじめた。

「もぅ！　いい加減にやめたらどうなの！　どう？　痛いでしょ、あなたがやめなかったら、私もやめないわよ」

相当に気の強い性格らしく、SMの女王様でもやらせれば似合うのではないかと、敢太は思った。だが、敢太も負けてはいなかった。

「そうかもしれませんね、だが、こうすれば」

そう言って、敢太は突然、華世の反撃をかわすべく、横から後ろへ回りこむと、彼女の右足の太腿《ふともも》を右手で掴み、ぐいっと一気に持ち上げた。それで、バランスを崩した華世は、敢太に体重をあずけて寄りかかるような態勢になってしまった。

「や、やめなさい！　何をするんですか！」

華世が、敢太を睨みながら叱《しか》りつける。

「あなたが、抵抗するからですよ。それに、これなら、痛い目をみないで済みますしね」

後ろを振り返り睨みつけている華世の顔は、真っ赤だった。

「ふっ、ふざけないで！　悪いのはあなたのほうなのに、大体、こんな行為が許されていいはずがないでしょう？」

「たしかに痴漢は犯罪行為です」

「えっ？　わかってるんじゃないの」

「ハハハッ、でも、これからボクがあなたにしようとしていることは、痴漢じゃないんです。ただ、あなたの快楽に奉仕しようというわけですから……」

「なにを勝手な、ふざけたことを……」

反論しようとする華世の言葉を無視して、敢太は、素早く華世の上着とブラジャーを上へとズリ上げ、その豊満なバストを露わにしてしまった。そして、手から熱を帯びた気を発して、彼女のオッパイを刺激しはじめた。

「ああ、うっ、なに、これ、あなたの手。なにか、特別な気功術でも使ってるの？」

「ハハハッ。これはまだ大した術じゃありません。まだまだ序の口」

「あっ、でも、変、なんか、オッパイがどんどん芯《しん》から熱を持って、張ってくるぅ……、やめて、変な気持ちにさせようなんて……、あぁぁ」

ここで、ようやく敢太は、白磁を思わせる、白く、きめ細やかな華世の肌に魅了され、それをいつくしむかのように、華世の乳房に手をはわせた。華世は、敢太がその手を動か

すたびに、彼のことを睨むのも忘れ、眉間《みけん》に皺《しわ》を寄せて目をつむり、すっかり感じてしまっていた……。

「はぁっ、あぁっ、あぅんっ、やめなさい、こんなことされても、感じないわよ」

それはうそだった。

「そうですか、それなら、これならどうです」

敢太は、華世のたわわに実った、肉づきのよい乳房から、まるでミルクを搾《しぼ》り出すかのように、胸の中心にある乳首に向かって揉みしだきはじめた。

華世は、もう熱にうかされたように、喘《あえ》いでいた。

「はうぅっ！　はぁっ、はぅ」

突然、華世が驚いたように体をびくんとさせて、体をぐっとこわ張らせると、短くうめいた。敢太が人差し指と中指で、充血し、勃起《ぼっき》しはじめた乳首をつまんだからだった。

「……はぁっ、あぁっ、あぁんっ、いっ、いやっ、こんなの……刺激が強すぎて……」

もはや、華世は感じていないフリもできないくらい感じてしまっていた。その腰がくねくねと動き、喉を快感に打ち震わせながら、熱い吐息をとめどもなくもらしていた。

いつしか、華世の露わとなっていたショーツには、じわりと染みが浮かび上がり、その染みは、華世の心が快楽に支配されていくように、面積を広げていった。

敢太が、早くも北手駿掌に伝わる奥義の一つ〝凛呼流逸〟を使った。

気力が充実しているので、自分の興奮度をうまくコントロールできたからだった。

その瞬間、華世の体を絶頂感にも似た快楽衝動が走った。

「あっ、ふぅっ、ふぁっ、ふあぁぁぁっ……」

喘ぎ声も、しだいに切迫してきたようだった。そんな華世の肌に呪文がポゥッと浮かび上がった。

敢太は、なおも、華世の乳房へ、ねっとりとした手つきで、執拗な愛撫を加えた。

「はぁっ、はぁぁっ……」

華世も、熱くしっとりとした、まるで出来の良いクリームチーズのような肌を、敢太にゆだねて、彼の愛撫に応えた。そんな彼女の肌の手触りに刺激され、彼は華世に自分のイチモツを挿入することにした。入れてから、長い時間をかけて、彼女を何度も何度もいかせてやろうと思ったのだ。

敢太は、華世の大事な部分を守っていたショーツを、神業《かみわざ》ともいえる腕前で手早く脱がせた。そして、少しずつ奥まで、自分のものをうめていった。

「あっ、あぁっ、はぁっ……、すっ、すごい！」

女性をいかせるためには、当然のことだが、欲望にまかせて、やみくもに激しく突けばいいというわけではない。敢太は驚くべき自制心で、入り口付近の肉壁を先端でこするように刺激したかと思うと、一気に奥の子宮口を圧迫するほど深く入れたり、常に華世に不意打ちをくわせるような腰の動かし方をした。

華世は、いつのまにか、「動かないで」と哀願したかと思うと、「やめないで」と言ったりするようになった。「動かないで」というのも、それがいやだからというわけではなく、あまりにも感じすぎて、息が苦しくなるかららしかった。

一瞬、敢太は、思わず、不覚にも射精してしまいそうになって、動きをとめた。

その瞬間、華世は、「うっ」と不満の声をあげた。

おそらく、もう少し動き続ければ、彼女はいきそうだったのだろう。敢太は、

「ごめん、もっと長いこと入れっぱなしにしたいのに、今、出ちゃいそうになっちゃったんだ……」

と、謝った。おあずけをくらった華世は少し恨めしそうだった。

だが、この小休止は、かえって華世の体に火をつけてしまったようだった。

敢太が、ふたたび腰を動かしはじめると、おあずけをくらったあとの華世の体は、一気に快楽を貪《むさぼ》るように、絶頂へとかけのぼった。

敢太も、限界だった。

「あっ、あぁっ、いっ、いくっ、うっ、あああああっ」

敢太は、今日、二回目の射精だというのに、たっぷり、華世の中に、濃い精液を放った。

第四章　南手の刺客

華世がオーガズムを迎えた瞬間、彼女の肌に浮かんだ呪文が、龍に変わって敢太の体に巻きついたのは、いうまでもなかろう。

敢太は、二人の女性に立て続けに奥義を放って、やはり疲れを覚えていた。

奥義を放つには、体力も精神力もいる。

究極奥義を習得するまでに、さらにパワーをつけること、それが課題だと思って、敢太は、気を引き締めたのだった。


敢太が一番安らげる場所といえば、マミーズ。

彼としては、鮎に癒してもらおうと、またこの店にやってきたのだった。

ところが、店に入るなり、美衣にばったりと出くわしてしまった。

そう言えば、美衣との約束は、完全に破っている……。敢太は、後ろめたい気で、彼女に気づかれぬうちに、引き返そうかと思った。

その時だった。

「敢太ぁっ！」

「うわぁぁっ、急に大きな声を出すなよ、びっくりするじゃないか！」

敢太の首筋を、美衣はむんずと掴んで、言った。

「なんで逃げるのよぉ！　このあたしがっ！　あんたのために、とっておきの情報を教えてあげようと思ってきたのにぃ……」

「ぼっ、暴力反対……」

敢太は身がまえながら言った。

「なに言ってんのよ。とにかく、すごい情報なんだから……」

「みっ、美衣が妊娠したとか？」

恐る恐る、こんなきつい冗談のジャブを切り出した敢太だったが、美衣にひとにらみされて、すぐさま縮こまってしまった。

「エロ作爺ちゃんのことよ」

「なんだって！」

「あのね、エロ作爺ちゃんがヤラレた時、近くにいた人に、話を聞くことができたの。ね、聞きたいでしょ……」

その人は、大体、次のようなことを話してくれたのだそうだ。

……その時、江戸作の周りには女性しかいなかったこと。何かが光ったと思った次の瞬間には、血を流して逃げ出そうとしている江戸作の姿があったこと。

何があったのか、慌てふためいている女性たちの中でただ一人、無表情だった女性が、江戸作のあとを追って、ただちに電車を降りたこと。

そして、この前、御宝町《みたから》を歩いていた時、江戸作のあとを追って電車を降りたその女性と偶然、すれ違ったこと……。

「どう、すごいでしょう。つまり、エロ作爺ちゃんに、何かを仕掛けたのは、その女であるってのが濃厚ね。さらに、いい？　ここからが重要よ。その女は、御宝町に出没しているってことまでわかっているのよ……」

敢太は、ゴクッと唾《つば》を飲んだ。

「あっ、ああ……。たしかにすげえ情報だ。その女がジッチャンの仇であるってのは、オレも間違いないと思う。でも、御宝町に出没するって条件をつけちまっていいのかな……」

「甘い！　甘すぎる！　このあたしがそんな曖昧《あいまい》な情報に飛びついたと思う？」

げんに飛びついたじゃないか、と言いたいのを、グッとこらえて、

「と、言うと？」

と、美衣をノセる敢太……。

「犯人は、地味な事務服を着ていた……。ということは要するに、そこ近辺に勤めている可能性が高いってこと！」

「なんで事務服着てるだけで、そこまで……」

「そこがあんたの欠点ね、敢太」

ピクピクッと額に青筋が立つのをこらえて、美衣に訊《たず》ねる。

「はあ……。なんで……」

「女はね、ダッサイ事務服なんか着て、電車に乗って、ウロウロできるもんじゃないの。それにその女、見てくれは、悪くなかったって、言ってたもの。事務服着て遠出する女じゃないのは、間違いないわ」

「素晴らしく、直球思考……」

そうは言ったが、美衣の指摘はいちいちもっともだったので、敢太は、そのあとに言葉が続かなかった。

まだウジウジ言っている敢太に業を煮やし、美衣は、すぐにでも御宝町に情報収集にいくべきだと主張した。こうなれば、美衣の言う通り、御宝町にいってみようと敢太も思った。美衣が、ふたたび怒鳴り声を上げようとするのと、敢太が『いってきます！』と逃げるように駆け出すのは、ほとんど同時だった。だが、内心は敢太も美衣に感謝していた。

さすが、幼なじみ、口はわるいが、ありがたかった……。

そして御宝町……。

とは言うものの、そうそう手がかりなど、得られるものではなかった。

刑事ドラマなんかだと、こう、冷蔵庫に冷やしておいたプリンを取りに戻ってる間に、犯人が尻尾《しっぽ》を出すものなのに……。

けれども、手ぶらで帰ろうものなら、美衣に何を言われるかわからなかった。

いや、いちいち報告するつもりなどなかったし、そんなことは問題ではなかった。

問題は、いったい誰が、江戸作を殺したのかという一点に絞られていた。

南手阿漕掌の手の者だということは、わかっている。

それに、見つけ出して復讐《ふくしゅう》を果たす、ということも決まっている。

なのに、敢太の意気は一向に上がらなかった。

復讐の心は常に抱いていたし、実際、いま、目の前に仇が現れたとしたら、即座に復讐を果たしてやりたいとは思っていた。

が、その仇とは女だった。

当たり前のことだが、それが敢太にはつらかった。

美衣と話していて、現場の状況を思い浮かべたことによって、さらにその思いは強くなった。相手は女……。

その女が、手に持った刃物を振りかざし、ジッチャンに襲い掛かったのだ……。

そして瀕死《ひんし》の重傷を負わせた。

北手駿掌と南手阿漕掌の因縁は、何度も何度も聞いていた。

戦いの理由も、よくわかっているつもりだった。しかし、自分は、それをどこか遠い世界の話として捉《とら》えていたような気がする……。

ここことは違う、別の世界の話……、そう思っていた。

なのに、ジッチャンは殺された。

作り話ではなく、現実に殺された。いまだに信じられなかった。

でも、自分は、その女を見つけ出して、本当は、どうしたいのだろうか？

北手駿掌としての務めを果たすのか、それとも古森江戸作の孫としての恨みを晴らすのか、女を傷つけてしまうことは、おそらく、北手駿掌の精神にはずれる。ああ、どうしたら、いいのだろう……。

敢太は、そんなことを考えながら、心ここにあらずといった状態で、通りをあてもなく歩いていた。

その時だった。

ドンッ。

誰かにぶつかって、よろけた。

「あっ、すみません」

「いえ、気をつけてくださいね」

そう言って、振り返って、ハッとした。

その女性は事務服を着ていた。そればかりか、敢太は、その女性を何度も見かけていて、彼女が他の人たちと話している時、その話を近くで聞いていたことさえあった。

実は、相当に印象に残る女だったので、敢太は話の立ち聞きでわかった彼女の名前まで記憶していた。

電車の中や、町中での彼女との遭遇……。

その記憶をたどれば、不審な点がいくつもあることにも気づいた。

そうだったのか！

そうと気づくと、敢太は素早かった。振り返って、その女性のあとをつけたのである。

そして、彼女の奇妙な行動をいくつも思い出した……。


始まりは、御宝町の路上だった。

彼女が、同行していた上司を、ナマ乾きのコンクリートの中に突き飛ばしてしまったところを見たのだった。

もっと、妙なこともあった。彼女は普段、とぼけたキャラなのに、この町の痴漢たちの間で、その腕を知られている〃痴漢三兄弟〃に罠《わな》をかけ、手ひどくやっつけたことがあった。それを敢太は目撃していたのだ。

思えば、敢太に自分の存在をさりげなく、知らせていたのかもしれなかった。

あるいは、彼女のほうが、彼をつけたり、見張ったりもしていたのかもしれない。

さりげなく自分の存在を匂《にお》わせるような行動をとりつづけた。

すべては、オレがジッチャンから引き継いだはずの、究極奥義が目当てで……。

もはや敢太は確信した。ジッチャンの仇は、あの女に違いないと……。

そうして、事務服の女は、あるビルに入っていこうとしていた。そこが彼女の勤め先なのだろう。

ビルの入り口に記されている社名を見て、敢太はまた、ハッとした。

カッパ商事、それが社名だった。

と同時に、浮かび上がる江戸作の、いまわの際の言葉……。

『カ、カッパじゃ、カッパが陸《おか》に上がってきて、ワシに引導を渡していきおったぁ……』

なんのことだか、わからなかった。カッパが何かの例えなのかとすら思った。

南手の手の女が勤めている、単なる社名だったのだ。

この会社は、敢太の住む町にも支店を幾つも持つ有名な事務機器メーカーであり、そこのOLが着る地味な事務服はダサイことで、町内でも有名だった。

カッパといえば、このことしかない。

あのジッチャンの仇、南手の刺客、更田智は、カッパ商事に勤めるOLだったのだ。

第五章　南手の総帥

敢太は、更田智の動静を探るため、近ごろ、よく御宝町にくる。

あのあと、七人の女性のうち、まだ呪文《じゅもん》を回収していなかった女性たちにも、すべて悪戯を成功させて、七福神のもとを訪ね、敢太は、すでに七つの巻物を入手し終わっていた。

究極奥義について記した巻物を入手するためには、これらの七つの巻物を、すべて持って、北王子にある北手駿掌の総本山にいくべきだった。

だが、先に南手の刺客である智に対して、ちゃんと手をうっておいたほうがいいと思ったためだった。

ところが、ある日のこと、敢太は、この御宝町で、なんと、小夏を見かけたのだ。

敢太は、すぐに彼女を見失ってしまったので、彼女が、なんのために、この町にいたのかは、まったくわからなかった。

とはいえ、この御宝町は、風俗店が建ち並ぶ、いかがわしい町でもある。

急に、敢太は不安になった。それで、その日以来、智を見張るためだけでなく、どこかで小夏を見かけないかとも思って、繁華街をうろうろと歩くようになったのだ。

なにか、不思議な勘が働いたというべきだろうか……、敢太は、風俗店が密集する町の一画で、小夏を見つけた。

本当に、こんなところに、いったい小夏は何の用があるのだろう……、いや、もしかしたら、ここがどういう場所だか、わかっていないのかしれない……。

声をかけて、教えてあげたほうがいいのか、それとも……。

　敢太が、ますます不安になって、彼女のあとをつけはじめた時、幻聴のように江戸作の声が聞こえた。

「こりゃ、間違いなく、風俗じゃな」

……たっ、たしかに、風俗店の前を歩いているけど、そんなはずは……。

「のう、どう思う？　敢太よ。ワシは、あの娘自身が、どこかの店で働いているのだと思うんじゃがのう」

「オレは、ホストクラブにでも通っているんじゃないかと思う。むしろそうあってほしい」

　敢太は、いつしか、心の中で、江戸作と話をしていた。

「なぜじゃ？」

「そんな……、体を売る必要なんて、ないじゃないか！　そりゃ、自立しろとは言ったさ。でも、こういう意味での自立じゃないぞ、断じて！」

「アホウ。なにも風俗店で働いとるからといって、体を売っているとは限らんぞ？」

「よっ、呼びこみとか？」

「いーや。ワシは、厨房《ちゅうぼう》の料理人と踏んでおる」

「目が見えないのに、どうやって料理するんだよ」

「……心眼じゃ！」

「却下！」

「やはり……」

「……やはり？」

敢太は、ゴクッと、生唾《なまつば》を飲んだ。

「ヘルスかのう……」

「まっ、まあ、ソープよりはマシか……、いや、なんてことを、ジッチャン！　な、なに言ってんだよ！　あの小夏ちゃんに限って、それはねえって！　はじめのころなんて、オレに手を触れられるのすら、嫌がってたんだぜ！　そんな男嫌いのコが、フーゾクで体を売るなんて……」

「わからんぞい。何か、大きな目的があれば、女は、仏にも鬼にもなれるからのう」

「想像してみろよ、ジッチャン。あの、小夏ちゃんが、男に媚《こ》びている姿を！」

「いかん……、ワシ、鼻血、鼻血……」

「ジッチャン、死んだくせに、体なんてあるのかよ……」

「そーいう敢太こそ、ビンビンにおっ勃《た》てておるんだろう」

「うっ……、ちょっと、歩きづらくなってきた……」

「敢太！　敢太！」

「なんだよ、うるせーな、ジッチャン。そんなに怒鳴らなくたって……」

「おらん！　おらんぞよ！」

「なっ、なにっ！　ほんの一瞬、目を離した隙《すき》に……、くっそー！」

「どうする？　敢太」

「しかたがない……。ここはいったん引き上げだ。今度は、別の角度から調べてみよう」

　この日は、残念ながら、小夏を見失って、しかたなく、出直すことにしたのだった。


　数日後……。

　敢太は、御茶ノ水博子を呼び出して、それとなく小夏のことを聞いてみた。

　呪文を回収するために、敢太は、博子にも悪戯をしたわけだが、例によって、催眠術で、彼女のその記憶を消していたので、彼女は、なんの疑いもなく、呼び出しに応じた。

　博子は、あっけなく、知っていることを教えてくれた。

「ああ、それなら、語学学校に通っているのよ。何語だったかは、ちょっと覚えていないけど……。とにかく、すごいやる気満々で……、ねえ、どうしたの？」

「よっ、よかったぁ……、オレ、てっきり……」

「てっきり？」

「小夏ちゃん、フーゾクで、働き始めたのかと思って。いやー、よかったよかった！　アッハッハッハ。そーだよな、あの小夏ちゃんに限って、そんなこと、あるわきゃないんだよ！　ウッハッハッハ！」

「……」

「あっ、いや、ごめん……。たしかに、失礼な妄想だったと思うけど……」

「そうじゃなくて」

「なに？」

「う、ううん……。なんでもない。気にしないでちょうだい」

「なんだよ？　博子ちゃんが、言いよどむなんて、珍しいじゃないか」

この博子が言いよどんだことが、少し気になって、敢太は、やはり、もう一度、御宝町で小夏をつけてみることにした。


小夏は、当然のことだが、風俗店街には目もくれず、すたすたと前を向いて歩いていた。

そんな小夏の姿を見ながら、敢太は胸がジーンッと熱くなるのを感じていた。

……小夏が前を通るときだけ、呼びこみに出ている人たちの声が止む。

気をつけな、とか、あっ、そこは危ないよ、などという声が、小夏が通るたびに、横合いから飛ぶのである。それを不思議に思った敢太は、一人の呼びこみをつかまえて、そのことを問いただしてみたのだった……。

呼びこみの男の一人に、敢太は聞いてみた。

「どうして、みなさん、あんなに優しくしてあげてるんですか」

「だって、目が見えないんだろ」

「そうですけど」

「オレたちゃ、間違っても、善人なんかじゃねえよ。だけどな、絶対にひどいことをしちゃ、いけない相手があるとは思っているんだ、わかるか？」

「いえ……」

「障害者だよ」

「えっ」

「別に何をしてやるわけでもねえさ。手助けをしてるわけじゃねえ。それだけだ」

「でも……、どうして目が見えないって……」

「あのコに道を尋ねられた奴《やつ》がいるんだよ。どこそこに行くには、どうしたらいいんですかってな」

「そうですか……」

「いいか。それだけだ。たったそれだけなんだ。わかるな？」

「はい」

小夏は、こんな男にすら、いたわられているわけだった。

しばらくして、小夏が目的地に着いた。

多少、歩き方に危なっかしいところは見られたものの、慣れているらしく、ゆっくりと、確実に階段を、一歩一歩上っていった。敢太が上を見上げると、そこには博子に教えられたとおり、語学学校の名前が書かれていた。

実際、小夏がここで何を目的に学ぼうとしているのか、それはわからない。

だが、小夏が風俗店で働いているわけではないと、自分の目で確かめることのできた敢太は、自分でも信じられないくらいホッとしていることに気づいて、愕然《がくぜん》とした。

それは、敢太が、はっきりと小夏を異性として、特別に思っているということだった。

小一時間ほどして、小夏が姿を現した。敢太は、彼女が出てくるのを、ずっと待っていたのだ。自分の彼女に対する思いを告白することが、許されることではないのは、わかっていた。でも、息苦しいまでに、彼女を思い続けている自分を持てあまし、一言だけでも、彼女の声を聞きたかったのだ。

「小夏ちゃん！」

小夏が、驚いて、足を止めた。

「敢太さん？　驚きました……こんなところで出会うなんて」

「ここに、何しにきていたの？」

もう語学学校に通っていることは、わかっていたのに、敢太が尋ねた。

「私……敢太さんに教えてもらったとおり、自分にとっての自立って何か考えてみたんです」

「うん……」

「私、こんなんだから……、一生、人に迷惑をかけないで生きていくことなんて無理だって気づいたんです。ううん、迷惑なんて言ったら失礼ですよね」

小夏は、クスッと笑った。

「私、周りのみんなの優しさを、お節介だとか迷惑だとか思っていました。でもそれって違いますよね。私は今まで、無理せずに生きていました。目が見えない苦しみを背負う代わりに、そういう優しい周りの人たちに恵まれた。これって、きっと大事なことなんだと思います。敢太さん聞いていますか？」

敢太がだまっているので、小夏は不審に思ったのかもしれなかった。

「うん、聞いているよ……」

「よかった……。それでね、私気づいたんです。誰《だれ》にも迷惑をかけず、一人で生きていけるっていうことが自立する、っていうことなら、もしそれが自立するっていうことなら、私は、自立できないほうがうれしい。誰かが助けてくれる私を、誇りに思いたい」

「うん……、うん……」

「だから、『一人で生きていく』ことじゃなくて、『自分が生きていく』ことなんだと思うんです。自立って。誰かわからない『周り』に流されていくんじゃなくて……。自分の大切な『周り』の中で流されて、流れていくこと。ねえ、敢太さん。これって、私のワガママでしょうか？　やっぱり、自分勝手な考え方なのかな……」

「いいや、ちっとも……」

「よかった！」

「小夏ちゃんは、立派だよ。もう、立派に自立し始めているんだね」

「いいえ、まだまだです。私の夢は、私みたいに、障害を持つ人の役に立つことなんです。でもね、お父さんとお母さんは、やっぱり、私の目が見えるようになってほしいんです。海外で、そういう医療技術が進んでいるところを見つけたって……。そのための語学勉強だったんです。しばらく向こうに住むことになるから、ちゃんと勉強しておきなさいって。あ、いけない、そろそろ帰らないと、お父さんとお母さんが、また心配しちゃいます。敢太さん、話の途中でごめんなさい。私、失礼します！」

敢太は、送るよ、と言うことすら忘れて、ただ呆然《ぼうぜん》とその場に立ち尽くしていた。

海外……、早くしないと、海外に行っちまうってのか？　もしかしたら……、もう、会えなくなるってのか？　そんな、そんなのって……。

いや、ちがう、オレが究極奥義を、彼女が海外に旅立つ前に、習得すれば、いいだけじゃないか……。敢太は、もう、一刻の猶予もないという思いだった。

それで、智のことは一時棚上げして、七つの巻物を持って、北王子の北手駿掌の総本山に向かうことにした。智が逆に敢太をつけているとも知らずに……。そして、智から、痴《ち》漢《かん》に対する彼女の憎しみについて、聞かされることになったというわけだ。

＊　＊　＊

智は、北手駿掌の技は痴漢じゃないと言った敢太に対して、こう言った。

……いい加減にしてよ！　あのジイさんも、そう言ってた。なによ！　自分たちの行為だけ正当化して！　だから、殺した。仕返しをしてやっただけなのに、恨まれるのは、私？　ウンザリだわ、あなたたちの教義も、痴漢をする男たちにも。みんな、みんな、死ねばいい、痴漢なんて、誰もかれも死ねばいい。死ね！　ねえ、死んでよ……。

敢太は、やはり、智の気持ちがわかるだけに、動揺せずにはいられなかった。

それで、こんな精神状態のままでは、究極奥義について記した巻物を入手できないのではないかと、思いはじめた。

だから、その場で、智を失神させた後、いったん巻物を、自宅に持ち帰ることにしたのだが、それがいけなかった……。

ちょっとした気の弛《ゆる》みで、何者かに列車の中で、七つの巻物を盗まれてしまったのだ。

盗んだのは、言うまでもなく、北王子に放置してきた智ではない。

敢太は、後ろ姿しか見ることができなかったのだが、革ジャンを着た若い女だった。

その女は列車を降り、盗まれたことに気づいて追いすがる敢太を振り切り、バイクで逃走した。

南手の総帥は、かってジッチャンが悪戯対決で勝ったという雀女《すずめ》というバアサンのはずだった。敢太は、一刻も早く巻物を取り戻さねばならないと、焦った。

そして、バイクの女の正体を知るために、敢太自身もバイクで、マミーズに向かった。

鮎が言っていた、究極奥義について話していた女とは、智とバイクの女ではないかと思ったからだ。


「あれ、敢太じゃない！」

「おっ、美衣じゃないか」

敢太がマミーズの近くで美衣に会うと、美衣は、また、敢太に話があると言った。

しかも、マミーズで聞こうかと、敢太が言うと、いや、マミーズではなく、いま、ここで聞いて欲しいと言った。なにか、様子が変だった。

「ねえ、敢太、近ごろ、鮎さん、なにか、変だと思わない。私、鮎さんがバイクに乗っているのを見かけたの。変じゃない？　それに、道で事務服を着たＯＬと喋《しゃべ》っているところも……」

「えっ、鮎さんが……」

　敢太は、急に不安になった。そう言えば、鮎の敢太に対する情報提供は、あまりにも正確なものばかりだった。もしも、鮎さん自身が、南手となにか関係があるのだとすれば、それは、どんな関係なのかと思ったのだ……。

　そして、七つの巻物を盗んだのも彼女だとすれば、いったい、なにを考えているのか？

　たしかに、少し鮎自身について、調べたほうがいいのかもしれなかった。

　と、思った時、道路の向こうに、バイクに乗った革ジャン姿の女が見えた。

　美衣との話もそこそこに、敢太は、その女を追うことにした……。

　敢太は、すぐに、バイクの女、つまり、鮎に追いついて、二つのバイクは、いまや完全に並んで走っていた。

「あっ、鮎さん！　これは、どういうことなんですか？」

「……」

「それに、あのカッパ商事の女事務員との関係は？」

「……」

「鮎さん！　答えてください！　何か言って……」

鮎は何も答えなかった。だが、運転は、敢太のほうが、あきらかにうまかった。

敢太は一気に、鮎のバイクの前に出て、その進路をふさいた。

キキィィッ。鮎が急ブレーキをかけ、敢太の手前、ギリギリの位置で停車した。

「さぁ、鮎さん！　あれは、いったい、どういうことなのか、すべてボクに教えてください！」

「……あれって、何のこと？」

「とぼけないでください！　七つの巻物を盗んだのは、あなたなんでしょう」

鮎は、一瞬、なにか、考えているようだったが、ついに口を開いた。

「ふぅ〜。これまでか……。江戸作の孫にしては、なかなか鋭い奴じゃのう…」

なぜか、そう言った鮎の雰囲気がガラッと変わっていた。その口調も、あの鮎とはまったく思えないものだったのだ。

「あ、鮎さん……、いや、オマエは一体何者なんだ？」

「ふぉ、ふぉ、ふぉっ、何を今さら、ワシは、オマエの想像した通りの人物じゃよ！」

「えっ、なっ、南手の総帥は、ジッチャンと勝負したバアサンじゃないのか？」

「ふぉふぉふぉっ、やはり、それ以上は、知恵がまわらぬようじゃな……。それでは、仕方がない、少しでも、ワシの正体に気がついたご褒美じゃ、ワシ自ら、正体を教えてやろう！　ワシは鮎ではない……。ワシの正体は、南手阿漕掌の総帥・雀女じゃ！」

「雀女……、じゃ、じゃあ、鮎さんは？」

「あぁ、あの女のことか……。それなら、心配することはない！　今のところは、ちょっと旅行に行っておって、それで、留守にしておるだけじゃわい」

「オマエ、妖怪《ようかい》か？　誰にでも、姿を変えられるのか？」

「ふぉふぉふぉっ、ただのスケベな技しかない北手駿掌じゃ、考えられないことじゃろう」

「あっ！　それじゃ、もっ、もしかして、今までオレに鮎さんを通じて情報を、わざと流していたのも、オマエの策略だったのか？　最後に、それを盗むために……。それとも、もう、あの時から、オマエは本物の鮎さんと入れ替わっていたのか？」

「ハハハ、入れ替わったのは、鮎が旅行に行った二日前からだ。オマエの巻物集めに協力しようとしていた鮎は、本物じゃよ……」

「返してもらこうか、オレは、どうしても究極奥義をマスターしなければ、ならないんだ」

「あの小娘のためにか……、ふぉふぉふぉっ、あんなわがままな小娘のために、そんなに必死とは、オヌシもご苦労なことじゃのう…」

「黙れ！　もう、残された時間が無いんだ！　今からここでケリをつけよう！　北手駿掌と南手阿漕掌の因縁の対決の……」

「ふむ、よかろう。ワシも正直言って、長年の因縁に終止符を打ちたかったところじゃ、受けて立とう。ただし、ワシのことを捕まえることができたらじゃがな！　北手の奥義は、あんなわがまま小娘の、目の治療のために使うのは、もったいなさ過ぎる！　だから、あの奥義は、ワシの永遠の若さと美貌《びぼう》のために使わせてもらうぞい！」

鮎に化けた南手の総帥、雀女は、そう言って振り返り、ふたたびバイクで逃走し、近くの駅前でバイクを乗り捨て、駅の改札に入っていった。なるほど、悪戯対決は、列車の中で、というわけか、と敢太は思って、すぐに、彼女の後を追い、二人は同じ電車の中に乗りこんだ。ところが、その列車には、なんと旅行から戻った本物の鮎本人も乗っていた。

その本物の鮎を見つけたのは、一瞬、雀女のほうが早かった。雀女は、卑劣にも、敢太に本物の鮎に悪戯させてみることにした。そうとも知らず、敢太は、その本物の鮎の背後に、ゆっくりと忍び寄ったのだった。

ほっ、本当にやるのか、いかに相手が南手の総帥が化けているのだとしても、姿形は、まさに鮎なのだ……。敢太は、一瞬、躊躇《ちゅうちょ》した。それが、本物の鮎だということも知らずに……。が、意を決して、彼女の胸に手を伸ばした。

まず、敢太の指がもぞもぞと動くと、鮎は、ぴくんと体を震わせた。もう敢太は、正気ではいられなかった。つきたてのおもちのような鮎の乳房の感触に、もっと触りたい、という衝動を抑えようとしながらも、敢太は貪《むさぼ》るように鮎の乳房を揉《も》みしだいた。

「あっ、んんっ、何をするんですかァ、やめてください！　あっ、敢太くんね、こんなことしちゃいけないわ……」

敢太は、ここで気づくべきだった。今触っている女性が本物の鮎だということを……。だが、彼は、雀女が、わざわざ雀女が彼を惑わすために、こんな話し方をしているのだろうと思った。

「ねぇ、私に、こんなことをして、悲しむ人がいないの、敢太くん……」

一瞬、敢太は、小夏の顔を思い浮かべたが、相手は雀女だと、また思い直し、一気に勝負をかけることにした。

彼女を本物ではないと思いこんでいるので、いつか本物の鮎さんの胸に顔を埋めたことを思い出しながら、本人にならば、けっしてできないだろう欲望を遂げたいとさえ思っていた……。その乳房は、たとえようもなく魅力的だった。

「あぁっ、ダメ、敢太くん」

敢太は、もう彼女がなにを言っても無視することにした。

鮎の脚の付け根へと指を伸ばし、股間《こかん》を覆い隠している薄布の上へ指をはわせ、鮎の縦割れに沿って人差し指で撫《な》でる……。それによって、鮎のスカートは少しばかり捲《まく》れ上がり、鮎のスカートの端からチラチラと眩《まぶ》しい下着が顔を覗《のぞ》かせた。

敢太の執拗《しつよう》な責めに、鮎は羞恥心《しゅうちしん》で顔を真っ赤にさせ、涙を浮かべ、もうどうしたらいいのかわからない、といった表情を浮かべた。

その表情が、また、悩ましすぎた。

彼女の胸をはだけ、本当は、小夏や美衣に悪いと思いながらも、何度も吸いつきたかった乳首を口に含んだ。

「あぁんっ！　いやぁぁっ」

その乳房は、極上のマシュマロのように柔らかく、いい匂《にお》いがして、敢太は、なにがなんだか、わからなくなった。

もう、ガマンできずに、敢太は、無理矢理、鮎のショーツを脱がせ、自分は座席に座って、鮎を自分の上に跨《また》がらせようとした。

目の前には、ツンと上を向いたオッパイ……。

いけない、これは悪戯対決なんだ、そう思った時だった。

鮎が一瞬の隙をついて、敢太から身を離した。

その時、驚いたことに、敢太の目の前に鮎がもう一人現れた。

「たわけもの。それで、ワシと勝負しようなんて、十年早いわ……」

「えっ？」

「……今、お前が悪戯したのは、本物じゃッ！　いましがた、旅行から帰ってきた本物の鮎だ。第一着ている物が違うことを不思議に思わなかったのか……。そこまで、正気をなくしていたのか？」

言われてみれば、ジーパンに革ジャンだった雀女が、どうして、赤いスカートを穿《は》いていたのか、それを不思議に思わなかったなんて、自分のうかつさに、敢太は舌打ちをした。

本物の鮎は、目に涙を浮かべて、ぐったりと、その場に座りこんだ。

雀女は、敢太に、冷ややかな視線を投げかけながら、せせら笑っていた。

「ふぉ、ふぉ、ふぉっ、こりゃ、取り返しのつかないことをしてしまったのう……。ふぉっ、ふぉ、ふぉっ、この大たわけが……」

そして、彼女は、さも愉《たの》しげに高笑いを響かせながら、敢太の前から消えていった。

本物の鮎と二人で、その場に残された敢太は、その気まずい雰囲気に耐えられなくなって、言った。

「すっ、すいません、鮎さん！　本当にすいません」

鮎からサァッと離れると、敢太は鮎の前に、額が擦り切れるくらい深く土下座をして、床に頭をぶつけるくらい大きく、ぺこぺこと頭を下げた。

　鮎は、もう冷静さを取り戻していた。必死に土下座をする敢太の肩に、手を差し伸べて、こう言ったのだ。

「悪いのは敢太くんじゃないわ。敢太くんに、こんなことをさせようなんて、あの化け物が悪いのよ」

「えっ？」

「私、すぐに分かったの、あの私の顔をした女が姿を現した時、この女が敢太くんの敵だって……。あの女が、敢太くんに、こんなことをさせたんだって……」

　鮎の手が敢太の肩に置かれたままなので、敢太は申し訳なさに、顔を上げることもできず、まるで肩に氷を押し当てられたかのように、体をブルブルと震わせていた。

「ねえ、敢太くん、私たち二人に、こんなつらい思いをさせた、あの女を許しちゃいけないわ……。見て、これ……」

　敢太は、どう謝れば、母親が許してくれるのか、と悩んでいる子どものように、オドオドと、顔を上げた。

　そんな敢太に、鮎は、ある袋を手渡した。

「あの女があなたをバカにして、大笑いしている隙に、私の持っていた、同じくらいの袋とすり替えたのよ」

それは、七つの巻物が入った袋だった。

その時の敢太の気持ちはといえば、鮎に対する申し訳なさと、感謝が入り交じって、言葉にできないほど、複雑なものだった。

鮎は、そんな敢太に、かすかに笑みを浮かべて言った。

「敢太くんには、これが必要だったのね……」

「あっ、鮎さん、ありがとう」

そう言った瞬間だった。鮎が、パシンと、敢太の頬《ほお》を平手で叩《たた》いた。

「くぅっ！」

それは、まるで、この一叩きで今回は許してあげるわ、とでもいうような、愛情のこもった、平手打ちだった……。

第六章　幼なじみ

その時、美衣は、敢太はいったい、どうしただろうかと、思いながら、地下鉄に乗っていた。そんな美衣の耳に、大きな声で喋《しゃべ》っている女子高生たちの、ちょっと不思議な話が聞こえてきた。

「ねぇねぇ、最近痴漢《ちかん》が出るって、知ってる?」

「知ってる、知ってる!　でも、あたし、もっとすごいこと知ってんだぁ」

「えっ、なになにィ?」

「それはねぇ、痴漢から身を守る方法を、教えてくれる道場みたいなのがあるらしいってことなんだぁ」

「うっそぉー。それ、マジでぇ?」

「うん、マジで。確か、ナンパ、ナンケ……、いや、ちがった、そうそう、たしかぁ、ナントとか言ってたような気がするぅ」

美衣は、思わず聞き耳を立ててしまった。

「へぇ〜、ナントねぇ。それで、その道場で、どんなこと教えてくれるのか、あんたは知ってるの?」

「それが、詳しくは知らないんだけど、ちょっとした護身術みたいなもんらしいって話しだよ!」

「それじゃ、大したことないいんじゃないの?　よくある、セクハラ道場かもしんないしィ」

「あっ、そうだ！　言い忘れてたけど、そこの道場って、女の人しかいないらしいよ！　教える人も、習う人も、みんな女の人。しかも、そこの道場には、対痴漢用の裏の技とかいうのがあって、それは、そこの道場の家の人以外は、門外不出なんだって！　すごいでしょ！」

「確かにすごそうだけど、そんなの本当にあるの？　だって、その話って噂《うわさ》なんでしょ？　あんたのことだから、案外、少年漫画の読み過ぎのせいで、そんな噂を聞いた気がしてるだけなんじゃないのぉ〜」

「違うよぉー。ちゃんと噂で聞いたんだもん。その道場の一番偉い人の名前が、スズメっていうことも含めて……」

「はいはい、もぅ、わかったから……」

こうして、女の子たちの噂話は終わった。

その噂話を聞いていた美衣は、スズメというその名を聞いた瞬間、頭の先からつま先に向かって、雷が落ちたようなショックを受けた。

えっ！　そっ、それって、まさかぁ、あたしのオバアチャン？　うっ、嘘《うそ》でしょ……、そっ、そんなことって……。

そう考えてはみたものの、美衣の気は晴れず、彼女は沈んだ気持ちのまま、家に帰っていった。

……本当に、あたしの家に、そんな技が……。

決めた！　決めたわ！　いつまでも、うじうじ考えてたって、はじまらないし、まずは、動かなくちゃ！　それには、まず、なんと言っても、やっぱり家系図よね！　それさえ見れば、ただの噂話であるかどうかがわかって、気分もすっきりするはずだわ……。

しばらくは、一人部屋で、ぼぉーっと悩んでいた美衣だったが、ふとそう考えると、家系図を見て、噂なのか、真実なのか、白黒をはっきりつけようと、家系図を探し始めた。

どこにあるのかしら……。

うちで一番怪しいのは、この押入れくらいだし、だったら、ここのどこかに……。

ゴツンっ！

「痛ぁっ！　あいたたたぁ～。今のは、いったい、なにぃ？」

押し入れの中に頭を突っこみ、ごそごそと中をかき混ぜていた美衣の頭に、固いものが落ちてきた。美衣は頭を擦りながら、落ちてきたものを、手に取り、それがなにか、しげしげと見つめはじめた。

〃あぁっ！　これは、あたしが、さっきから探してた家系図じゃない！

こりゃ、運がいいわ！　見つかんなかったら、どうしようなんて、考えはじめてたとこだったし。それじゃ、さっさと中身を確かめて、気分をすっきりさせるとしますか！〃

しばらく見つめたあと、美衣はそう言って、家系図をバッと開いた。

こっ、これは……、うっ、嘘……。

家系図の中身を見た途端、美衣の顔からは、すっかり血の気が引き、変な汗が、じわりと浮いてきた。

家系図が美衣の手からこぼれ落ち、床に転がった。

そして、美衣は床に落ちた家系図から、バッと目を逸《そ》らしたのだった。

その家系図には、寺野家の系統を示す系図のほかに、幾つかの言葉が書かれていた。


『……寺野家開祖から伝わる、南手の女の血脈は、技の血脈でもある……。その技は、北手駮掌から女人を守り、女人に仇為《あだな》す北手を滅ぼすために、一族の女の血に宿る。

だが、こと、ここに至るまで、幾星霜、闘えど、その決着は、つくこと能ず。

すべては、我等の技が北手より劣らざりしかども、互いの技が、ついに互いの技を凌駕《りょうが》すること叶《かな》わざるためなり。

　　　　　　第十八代南手阿漕掌総帥　寺野雀女　ここに記す　』

その他にも、まだ、いくつかの言葉があったが、美衣は、この文章と、家系図に記された〝南手〟〝雀女〟の文字から、すべてを悟った。

……あれって、噂じゃなかったんだ。

あたしの家が、南手阿漕掌とかいう流派で、その技を門外不出として、代々伝えてきてたなんて……。

しかも、表向きは普通の武術として伝わっているけど、その正体は、北手駿掌とかいう流派に対抗するために編み出されたなんて、書いてあるけど、北手駿掌って……。

あぁっ！

北手駿掌っていえば、敢太のうちに伝わってる技だ……。

やっと、美衣は、そのことに気づいた……。

その瞬間に、美衣は思った。

……ということは、敢太が、悪戯に悪用している、その技に、自分が対抗できるかもしれないと……。

もし、そうならば、自分には、敢太の悪戯をやめさせる力があるのかもしれないと……。

……ふふふっ、見てなさいよ、敢太！

こうなったら、ぜったいに、このあたしが、あんたの悪事を止めてみせるんだからッ！

美衣は、急に元気になった。

なにやら闘志がわいてきて、自分が、何でもできる女になったような気にさえなった。

そうだ。今から、敢太に会いにいこう。

そして、教えてやろう、あたしには、あんたの、悪い癖を直す力があるんだって……。

そう考えて、美衣は、さっそく、敢太の住む七福公園に向かったのだった。


その夜、敢太は、電車の中に、美衣の姿を見つけた。

美衣は、七福公園の近くの、敢太の立ち回りそうなところを探し回ったのに、彼を見つけることができずに、家に帰ろうとしていたところだった。

美衣も、敢太にすぐに気づいた。そして、いきなり、彼女は言った。

「敢太、あたし、南手の跡取りだったの……」

「えっ……」

敢太は混乱した。

目の前にいるのは、いつもの気の強い美衣だった。

「ねえ、敢太、あなたのジッチャンが、あなたに継がそうとしていたのは、北手駿掌の技っていうんでしょ。あたしが、あなたの変な癖を直してあげる。もう、二度と電車の中で、女の人の体を触ったりできないように……」

美衣は、あきらかに敢太に対する好意から、こんな申し出をしているようだった。

敢太の混乱した頭の中で、めまぐるしく、さまざまな考えが浮かんでは消えた。

だが、敢太は、彼女の言うことなど、聞けるはずもなかった。究極奥義は、小夏の目を治すために、どうしてもマスターしなければ、ならなかったからだ。

敢太は、真剣な目で、美衣を見つめて言った。

「悪い、美衣。オレは、オマエが嫌いじゃない。だけど、究極奥義は、どうしてもマスターしなきゃ、ならないんだ。それを邪魔するんだったら、たとえ、オマエでも、オレは悪戯をするぞ！」

美衣も、真剣だった。

「かかっていらっしゃい、敢太！　あたしが、あなたの悪い癖を、ぜったい、直してあげるから……」


もう二人をとめることは、誰《だれ》にもできなかっただろう。

敢太が美衣の後ろにまわった。

彼は、おもむろに、美衣のスパッツの中に右手を差しこんだ。

美衣は、気が強い女の子だったが、本当は、子どもの時から、敢太が好きだった。

敢太のために、いままで、ずっとヴァージンだったのだ。

しかも、南手の跡取りと言っても、特に、雀女から、特訓を受けているわけではなかった。強がってはいても、敢太に、スパッツの中に手を入れられただけで、ほとんど、無抵抗になってしまった。

罪の意識にとらわれながら、敢太は、せめて、できるだけ、優しく美衣に接しようと思った……。

化粧っ気のない美衣は、清潔なシャンプーとボディソープの匂《にお》いがした。

敢太は、そんな美衣の首筋に長いキスをして、乳房に手を当てた。

もう、美衣はされるがままだった。敢太は、美衣の胸をはだけさせ、ブラジャーを脱がせ、直接、オッパイを愛撫《あいぶ》した。

美衣は、羞恥心《しゅうちしん》のあまり、ぎゅっと目を閉じて、せめて、変な喘《あえ》ぎ声を出すまいと、ガマンしているようだった。

「美衣、気持ちいいんだったら、声を出してもいいいんだ」

敢太は、他の乗客のほとんどいない車両の隅に美衣を連れていって、そう言った。

「敢太、あたし、あなたの悪い癖を直してあげるんだから……」

美衣は、まだそんなことを言っていたが、敢太は、その美衣の口を、自分の唇でふさいだ……。ふつうの悪戯で、こんな長いキスをすることなどないのだが、美衣は、やはり、敢太にとっても、特別な幼なじみだった。

ようやく、その舌を入れた長いキスから、唇を美衣の耳元に移して、敢太は、さっきと同じ言葉をささやいた。

「美衣、感じるんなら、声出していいんだって……」

敢太は、同時に、スパッツの中に入れた手の指先を、美衣のクリトリスに当てた。

「あっ、ダメ、敢太、ああ、それ、ダメ……」

「乱暴にしないから、指入れるよ。濡れてるじゃない……」

たしかに、美衣の、その部分は、もうヌルヌルだった。

「あっ、あぁんっ！」

とうとう、敢太の手が、美衣の股間《こかん》の中心にある肉の裂け目へとたどりついた。

それと同時に。ついに美衣の唇から、湿り気を帯びた熱い吐息がもれた。

「ふぅっ、ふあぁっ……、はぁっ、あぁぁっ、ダメ、ダメだってばぁ……」

いまや敢太に、アソコを優しく愛撫されて、美衣は、息を詰まらせ、荒々しい呼吸を繰り返しながら喘いでいた。

敢太が、何の前触れもなく、美衣の熱くムレたスパッツを、ショーツごと、下へズリ下げた。美衣は顔をカァーッと赤らめ、その下半身ではなく、自分の顔を両手で隠した。

「ひゃ、ひゃふぅっ！」

敢太は、はじめて見る美衣の毛の生えた部分に、じっと目を凝らした。

「見ないで、見ちゃ、ダメ、敢太、見ないでぇ」

美衣は、もう全身、汗まみれだった。

「ごめん、美衣、入れるよ……」

BLUE

そう言って、敢太は、美衣の熱くぬかるんだ秘裂を一気に貫いた。

「んっ、はぁっ、んんっ、あぁぁぁっ……」

その時、美衣が、突然、子どものように泣きじゃくりはじめた。

その泣き顔は、お互い、子どもだったころの美衣を思い出させる、いかにもあどけないものだった。敢太は、つらくなって、もういっそ、早く射精して終わりにしてしまいたいと思った。自分の気持ちをコントロールできない自分が、また、そこにいた。

「ごめん、美衣」

そう言いながら、敢太は射精していた。

美衣は急にぐったりとなって、その場に倒れた。

敢太は、せめて、このことを美衣が覚えていないように、美衣に催眠術をかけた。

罪深い自分に、本当に、究極奥義が習得できるのかと思いながら……。

第七章　地下鉄最終電車

その日、敢太は、とうとう七つの巻物を持って、ふたたび、北王子にある北手駿掌の総本山へと足を運んだ。

これをとどければ、なにが起こるのか、それは敢太にもわからなかった。

敢太は、『炎は低き大地より高き天に昇り、水は高き天より低き大地へ下る』という伝承を思い出した。それで、とりあえず、天に近い場所に向かうべく、本山の小山の頂上にある御堂へと向かったのだ。

しばらくして、敢太の前に、御堂が姿を現した。

中に入ると、かびの生えたような匂《にお》いが、ツンと鼻をついた。

恐る恐る、その中に入った。

御堂の奥には、凄《すさ》まじい形相をした像がそびえ立っていた。

ジッチャンは、あの像には近寄るな、と言った……。だが、もし、あのときの言葉が、当時の敢太に、まだ、究極奥義を習得する準備ができていなかったからだとすれば……。

そう考えた彼は、意を決して、像に近づいていった。

不意に、像の前の板がはずれて、敢太はドスンと下に隠されていた小部屋に落ちた。

底は、意外にも柔らかい布団のようなもので、落ちても、ショックが和らげられるようになっていた。そして、小部屋には、上にあった恐ろしい顔をした像とは対照的な、優しい慈愛に満ちた表情の像が安置されていた。

その姿を見た時、なぜか敢太の目から、わけもなく、涙が溢《あふ》れ出した。

そして、その瞬間、敢太の懐にあった巻物が、光り輝いたかと思えば、次の一瞬、その像から、まばゆいばかりの光が放たれた。

この時、思わず、目を塞《ふさ》いだ敢太の頭に、何者かが、直接語りかけてきた。

「我が子よ、心して聞け。北手駿掌究極奥義〝心眼冥癒〟は、心悪しき者には決して思い通りにはならぬ。己の欲に身を染めた者には、その力を使いこなすことは、できぬのじゃ。忘れるな、我が子よ……。〝心眼冥癒〟は、他者のためにこそ、存在する奥義だということを……。すべては、その手に、我が子に……、しかと、この奥義を授ける……」

「待ってて、待ってくださいっ！　開祖様……」

そう言って、像に向けて足を踏み出した敢太を、白一色の光が襲った。温かい光に身を包まれていく途中、ずっと、敢太の頭の中に最後の言葉が浮かんでいた。


気がつくと、敢太は、見覚えのある、七福公園近くの路地の真ん中に立っていた。道行く人が、ボ〜ッと突っ立っているだけの敢太を不思議そうな目で見つめていた。

小夏ちゃんに、小夏ちゃんに、会いにいかなければ……。

敢太は、はやる気持ちを抑えて、まず、小夏の家に電話をかけるべく、公衆電話をさがした。その時、更田智が、敢太のもとに、走ってきた。

「敢太さん、お師匠さまが、小夏ちゃんを、たった今、無理矢理バイクに乗せて……」

「えっ、どこへ、どこへ連れていったんだ？」

「慌てないでください。お師匠様なら、南波《なんば》駅の駅前にある『中華飯店』にいるはずです。きっと、そこに小夏ちゃんも……。その店が、南手の本拠地なんです」

「でっ、でも、キミはどうして、オレにそれを知らせにきてくれたんだ？」

敢太は、また、罠《わな》かもしれないと、思った。

智は、こんな時だというのに、ポッと赤くなって、

「だって、敢太さんとは、もう、他人じゃないから……」

と言った。


七福公園駅から南波に向かう列車は、もう、その日の最終電車しか残っていなかった。

敢太は急いだ。改札を抜け、発射寸前のその列車に乗りこもうとした時、また幻聴のように江戸作の声が聞こえた。

「敢太よ、これは雀女の罠だ……、この車両の中には、雀女にあやつられた、あの七人の女たちがオマエを待ち受けておる。オヌシ、立て続けに、七人のオナゴに悪戯をし続けることができるか？　オヌシに授けたいものがある。気力が衰えた時、オヌシは、ワシを頭に思い浮かべて、〝回春の泉〟とささやくがいい……。わかったか、ゆけ、敢太よ！」

最初に、敢太の目の前に現れたのは、御茶ノ水博子だった。

いくら南手の総帥にあやつられているとはいえ、彼女は小夏の友達だ。

それで、敢太の気持ちの動揺を誘おうというのが、雀女のねらいなのかも知れなかった。

だが、もちろん、今の敢太に、そんな、姑息《こそく》な作戦は通じない。

敢太は、ひたすら、この美少女を早くその気にさせるべく、慎重かつ、手を抜かず、愛《あい》撫《ぶ》し続けた。

やがて、博子が悩ましい声をあげはじめた。

「……ふぁっ、う、んんっ…」

敢太は、彼女のまだ少女っぽさを残す小振りな乳房を、しばらく制服の上から、いとおしむように愛撫し続けていたが、先を急ぐように、上半身を裸にさせた。

「いやぁっ！　やめて、あぁんっ、こんなの、はずかしいですぅ。あっ、はぁっ……、んんっ……、ん、はぁっ」

服の上からではなく、直接オッパイを刺激されて、博子は、一挙に感度がアップしたようだった。

もう、下半身に手を伸ばしても大丈夫だと判断した敢太は、彼女のかわいいショーツに指をはわせた。

そこは、敢太の巧みな指使いに、たちまち敏感な反応を示しだして、すぐにグショグシ

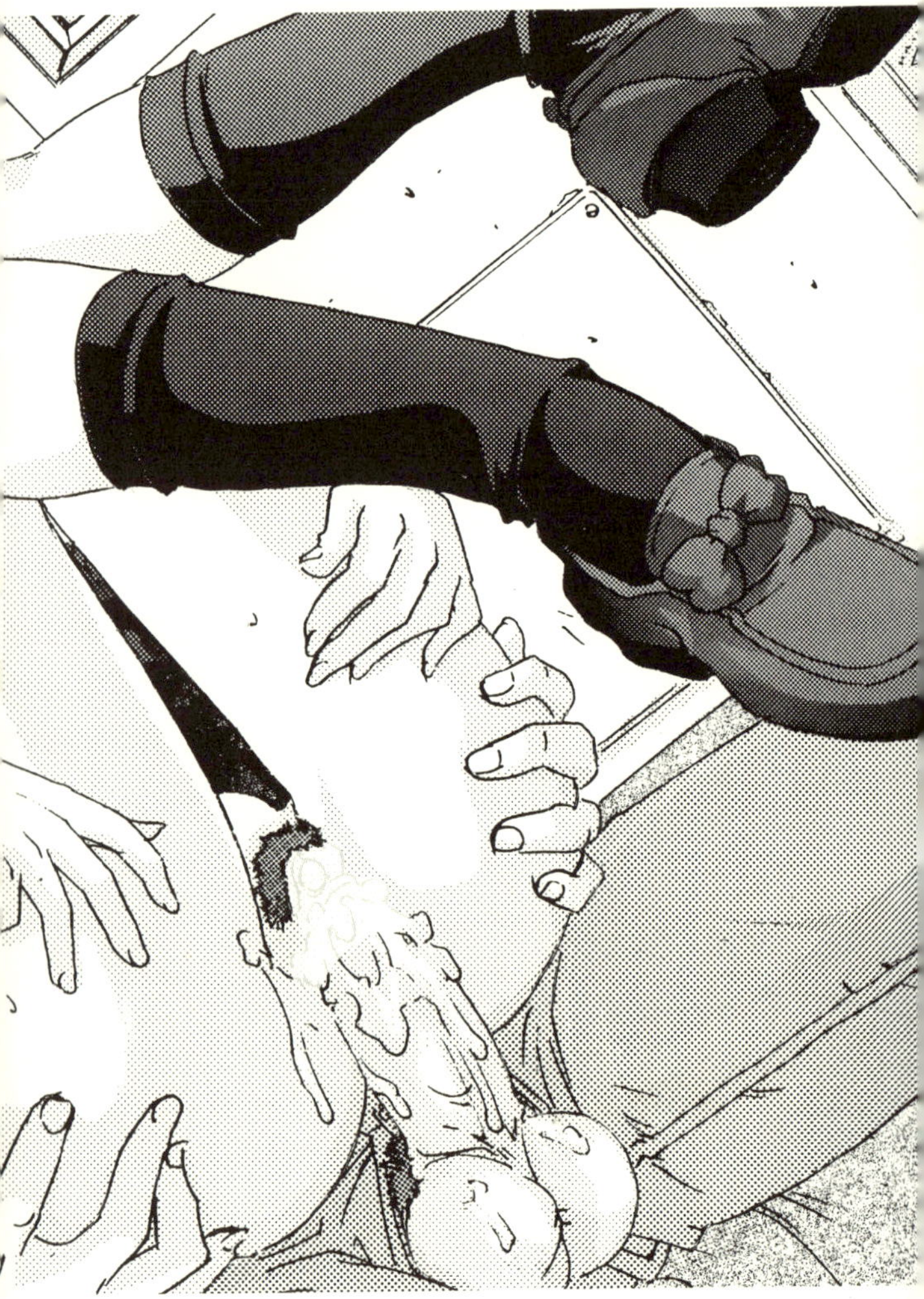

ョになるまでに濡れてきた……。

これだけ濡れていれば、もう、そろそろ、挿入しても、痛がったりはしないはずだ……。

そう思った敢太は、近くの座席に座ると、まるで小さい子を膝《ひざ》に抱っこするように、博子のことを、抱き上げた。

「……それじゃ、入れるよ……」

敢太は、オッパイと同じように、まだ少女の面影を残して、それほど肉付きがよくない彼女のお尻《しり》を、ゆっくりと、屹立《きつりつ》する自分のモノの上におろしていった。

「あぁっ、んっ、んんっ」

敢太が、博子の秘唇に、ずぷずぷと逞《たくま》しいモノを埋めていくにしたがい、彼女の口から、感極まった喘《あえ》ぎ声がこぼれた。

かつて悪戯した時に、例によって、敢太が、催眠術でその記憶を消しているので、彼女自身は、まだヴァージンだと信じているだろうが、この前の時より、心なしか、反応がよくなっているようだった。

敢太が一気に精を放出した時、彼女は、完全に失神した……。

次に、隣の車両から移動してきたのは、あの優しい看護婦さん、春風優香だった。

美少女の次は、母性的優しさに溢れた看護婦さんとは、南手の総帥、雀女も、なかなか、サービス精神があると、ほんの少し、敢太はうれしくなった。

すでに前に呪文《じゅもん》を回収するためにに、たっぷり見ているとはいえ、彼女のみごとなオッパイは、本当に敢太好みだったからだ。

敢太は、基本的に、どんな女性が相手でも、いきなり乱暴なことをしたりしないが、彼女には、特に念入りに前技をほどこした。

羞恥心《しゅうちしん》の強いところが、また、彼女の魅力で、しだいに乱れていく彼女を見ること自体が、楽しかったからだ。

敢太は、まず、彼女の成熟したお尻を、たっぷりと愛撫した。

そして、その手をしだいに、彼女のアヌスに近づけて、時々、指先でアヌスを刺激した。

「ああっ、そっ、そんなとこ、ダメッ、ダメですぅ……。そこはダメ。そんなとこ、触っちゃ、汚い……。ああ、許してぇ……」

だが、敢太が彼女の尻たぶを、こねるように、円を描いて撫《な》で回すと、優香は、なんとも悩ましい、いい香りのする、湿った吐息をもらすのだ。

もはや、だいぶ足に力が入らなくなっているせいか、彼女は電車のドアにもたれかかるようにして喘いでいた。敢太が、それをいいことに、彼女のショーツの上から、アヌスに、指先を少しだけ埋めた。

「んっ、んぁっ！　ダメッ、ダメェ」

優香が身もだえた瞬間、敢太は、彼女の上着を脱がせて、オッパイをむき出しにした。

それから、間髪を入れずに、上下にぷるんぷるんと揺れている優香の乳房を、背後から、ぎゅっと握り締めた。

優香が、びくっと驚いたように、体を震わせ、その場に崩れ落ちそうになったが、敢太は、そんな彼女を抱きしめるように、思いやりをこめて、支えた。

じわっと彼女の体温が掌《てのひら》に伝わり、優香自身の体臭が、敢太の鼻腔《びくう》をくすぐる。

そして、敢太は、その甘い匂いに、うながされるように、リズミカルに、優香の乳房を揉《も》みしだきはじめた。

「あっ、くぅっ……、あぁっ、やぁっ、あぁんっ……」

敢太は、彼女の魅力に夢中になっている自分を、この時、少しいましめた。

まだ、五人も、悪戯しなければならないことを、思い出したのだ。

それで、一気に彼女をいかせるべく、奥義を放つことにした……。

前に、呪文を回収した時にも使った〝白夜遊楼〟を放った。

それで、彼女は、我を忘れて、敢太の愛撫に応《こた》えるようになった。

乳首とクリトリスの二カ所責めに、彼女は、電車の中だというのに、そんなことにおかまいなしに喘ぎ続けた。

そして、濡れそぼった美肉に、敢太が、そそり立ったイチモツを、一気に挿入した時、

自ら、貪欲に腰を使って、オーガズムにのぼりつめた……。

「いっ、いくっ、頭の中が、溶けちゃうぅ……、あああぁぁ」

敢太が、彼女の腰の動きに逆らわずに射精した時、絶叫しながら、優香も失神した。

敢太は、次の女性を迎えるべく、江戸作を頭に思い浮かべて、小さく〝回春の泉〟とささやいた。驚いたことに、まだ、次の女性が現れてもいないのに、射精したばかりの敢太のペニスが、むくむくと硬くなった。そこに、松下果林がやってきた。


敢太は、最初から、自らの屹立したものをむき出しにしていたわけだ。

果林は、目のやり場に困ったのか、真っ赤になって、あらぬほうを向いた。

いまや下半身をむき出しにしたまま、敢太は、果林の後ろから、悪戯をはじめた。

彼女は、お気に入りらしい縦縞《たてじま》のスーツ姿で、フェロモンを発散させていた。

しかし、果林が、敢太のイチモツに目をやった瞬間、トロンとした表情をしたことを、敢太は見逃してはいなかった。

最初から発情してしまっている女性に、悪戯するほど、簡単なことはなかった。

敢太は、そそり立った自分のモノを、彼女に見せつけるようにしながら、彼女のオッパイとお尻を、同時に刺激することにした。たちまち、果林は、膝をガクガクさせて、

「あっ、もぅ、たっ、立ってらんないぃ……」

と、座席にストンと、腰を落とした。

その時、彼女のスカートの奥から、濡れそぼったショーツが覗《のぞ》いた。

すでに、彼女の秘裂からは、まるでお漏らししたかように、愛液がしたたっていた。

これで、三人め……。

敢太は、自分でも〝回春の泉〟の威力に驚きながら、果林の中に、ビンビンになったイチモツを埋めた。

「はぁ、はぁ、はぁぁっ、すっ、すごいぃっ……、おなかの、中のものが、あっ、いっちゃう、いきそう、ああぁっ、もうガマンできない……」

と、果林は、そう言って、喘いだ。

体をわななかせ、アソコの粘膜を、敢太のモノに絡みつかせると、もう少しで、彼が出すはずの熱い精液を、早く出して欲しいと、せがむように、敢太のモノをぐいぐいとしごき上げてきた。

敢太も、限界だった。

ドクドクと、彼女の中に精を放った……。

果林もまた、あまりの快感に、気を失ってしまった。

こうして、敢太は、残る四人、歌川・マリアン・光、高嶺沢華世、夏木小鳥、永島美麗、これらの雀女にあやつられた女性たちを、〝回春の泉〟の力を借りながら、南波駅に着くまでに、ことごとく、オーガズムに導いたのだった……。

第八章　究極奥義・心眼冥癒

深夜、南波駅に到着した敢太は、南手の本拠地『中華飯店』へと乗りこんでいった。

そこには、敢太が来るのを待っていた鮎に扮した雀女の姿があった。

この期に及んで、まだ鮎の扮装をする雀女に腹を立てながらも、敢太は、ゆっくりとその前へと足を進めた。

一歩……。二歩……。三歩……。前だけを見つめて、歩みを続ける敢太に、雀女は、さもおかしそうに話しかけた。

「オマエが来るのを待っていたのだ」

「小夏ちゃんは、どこだ？」

「慌てるな。すぐに会わせてやる。その前に交換条件だ。北手駿掌の究極奥義のすべてを教えてもらおうか」

「断る」

「だったら、娘は渡せないね」

だが、雀女の話が終わるか終わらないかのうちに、店の奥のほうから小夏が姿を現した。

「なんだって！　オマエ、どうやって縄をほどいたんだ？」

続いて、智も姿を現す。

「お師匠さまぁ、なんだか苦しそうにしていたんで、縄をほどいてあげちゃいましたぁ」

「ふざけるな！　裏切ったのか！」

「裏切っただなんて、とんでもないですぅ」

「えぇい、黙れ、黙れ！　このワシの指示もなく、そんな勝手な真似をして、ただで済むと思うなっ！」

「ひどいですぅ。よかれと思って、やったことなのにぃ」

二人が会話している隙《すき》に、敢太は小夏のもとへ駆け寄っていた。

が、それに気づいた雀女が、智との会話を中断し、素早い動きで敢太に襲いかかった。

南手阿漕掌の奥義を駆使し、離れた距離からの攻撃をしかけてきたのだ。

敢太は小夏の身をかばいながら、それを辛うじてかわし、彼女の手を引いて、出口へと向かった。店の外に出ても、雀女は、執拗《しつよう》に追いかけてきた。

敢太は小夏を連れ、繁華街の人ごみの中へと紛れこんだ。

そのとき、雀女が、逃がすまいと強力な奥義を放つ体勢に入った。

肌でそれを感じ取った敢太は、振り向いて防御の姿勢をとろうとした。と、その瞬間、智が後ろから、雀女にタックルをかました。

「お師匠さまぁ、後生ですぅ。二人を逃がしてやってください」

「バカを言うな！」

と、雀女は智にビンタをくれた。

「え～ん、え～ん。お師匠さまぁに、ぶたれたぁ……」

泣きまねなのか、本当に泣いているのか、離れて見ている敢太にはわからなかった。

そんな敢太に向けて、智が叫んだ。

「敢太さん、早く奥義を使ってっ！　小夏さんに奥義を使ってあげてくださいぃ……」

ときどき、妙なしゃべり方をするが、智は、ずっと敢太を見張っていたためか、敢太と小夏のすべてを知っているらしかった。

「邪魔をするな、このバカ弟子が！」

次の瞬間、雀女は、半円を描くように手のひらを返した。すると……。

「あっ、あぁぁぁぁ……」

智が恍惚《こうこつ》の表情になり、その場に崩れ落ちた。

まさに瞬殺。南手阿漕掌の奥義によって、イカされてしまったらしい。

雀女は、すぐさま敢太たちのあとを追おうとしたが、なぜか、その場から動けないようだった。よく見ると、智が、雀女の両足をつかんで、意識を失っていた。

敢太は、小夏の手をとって、そのまま駆け出した。

雀女が、いかにはずそうとしても、智の両腕は離れなかった……。

二人は、智のおかげで、ようやく雀女から逃げ切ることができた。

だが、小夏の手を引きながら、敢太は思い悩んでいた。

小夏に北手駿掌の奥義を放つということは、彼女に悪戯の技を使わねばならないということでもあったからだ……。本当に、小夏に悪戯をしても、いいのだろうか？

いざとなると、いつも信念が揺らいでしまう……。その心の弱さを、敢太は江戸作にもよく指摘されたものだった……。

また、江戸作の声が聞こえるような気がした。

『敢太よ、迷いがあっては、奥義を成功させることはできぬ。己を信じて、すすめ！』

今まで自分が苦労してきたのは、このときのためではなかったのか？

そして、智が自分を犠牲にしてまで自分に協力してくれたのだ……。

とはいえ、このままでは、じきに雀女がやってきてしまうだろう。迷っている場合ではなかった。今やらなければチャンスは、二度とないかもしれないだろう……。

……ネオンが輝く夜の通りから、細い脇道《わきみち》に入った敢太と小夏は、ずっと走り続けていたせいで、息をハアハアさせて、立ち止まった。

「小夏ちゃん、ここで少し、休もう……」

「えっ……」

そのとき、敢太が、意を決して、うむを言わさず、小夏を抱き寄せた。

「いやっ、なにっ、敢太さん、やめてっ、いやぁぁーっ」

小夏は、驚きのあまり、悲鳴をあげた。

その声のあまりの大きさに、敢太も少し、ひるまざるをえなかった。

その一瞬、小夏は、敢太を突き飛ばすようにして、目が見えないのに、やみくもに走りだそうとした。敢太はあわてて、そんな彼女の右手をつかまえた……。

「いっ、いやぁぁぁっ！」

帳《とばり》を下ろした夜の闇《やみ》を引き裂くように、小夏の悲鳴がネオンの輝く街に響く。

「いっ、いやぁぁーっ！　いやっ、いやっ、はっ、はなしてっ、はなしてください……、敢太さん！」

敢太の、いつもとはハッキリとちがう雰囲気の中に、なにか、小夏に恐怖心を抱かせるようなところがあったのかもしれなかった。

小夏は、パニックにおちいったかのように、髪を振り乱しながら、イヤイヤと、頭を左右に激しく振った。

「頼む、小夏ちゃん！　ちょっと、オレの話を聞いてくれ！」

「いやぁっ、はっ、はなしてぇ、さわらないでぇ！」

「オレは、オレは、小夏ちゃんのことを、ずっと……」

「う、うそっ！　言わないで、そんなこと。そんなはずない……、私が、目が見えないからって、突然、こんなことをするなんて、敢太さんが、そんな人だったなんて、もう、私、なにを信じていいのか、わからなくなってしまった……、ひっ、ひどい……」

「誤解だ、小夏ちゃん、それは小夏ちゃんの誤解だよ、オレは小夏ちゃんの目を……」

そう言いかけて、敢太は、彼が小夏の目を治すために、こんなことをしていると、仮に言ってみても、彼女が信じるはずもないと気づいて、絶望的な気分になった。

でも、たとえ、彼女に信じてもらえなかろうと、これだけは言わずにはおれなかった。

「小夏ちゃん、オレは……、オレは、本当にキミのことを、誰《だれ》よりも大事に思ってきたんだ……。だから、だから……」

「いやぁぁっ……。うそっ、うそよ、そんなの……。それより、この手をはなしてぇ……」

完全に敢太のことを誤解し、怯《おび》えきってしまっている小夏には、どんな言葉も通じなくなっていた……。

敢太は、もう実力行使あるのみだと思わないわけにはいかなかった。

それで、あらがう小夏を、もう一度、抱き寄せ、彼女の乳房に手を伸ばした。

「いやっ、やめて、こんなとこ、いきなり、さわるなんて、私、もう敢太さんのこと、信じられない……」

敢太は、小夏の体を強く抱きしめたまま、また、固まったかのように、動けなくなってしまった……。

小夏は、体を恐怖で小刻みに震わせながら、泣いていた。

「小夏ちゃん、しばらく、このまま、じっとしてて……。お願いだ。もうなにも言わないで……。オレは、小夏ちゃんにひどいことなんて、ぜったいしない……」

敢太が、小夏の清潔な髪の香りを大きく吸いこみながら言った。

「だったら、この手を胸から、はなしてっ」

……ダメなんだ……、小夏ちゃん、ごめん、悪戯の奥義は……、オレがエッチな気持ちになって、興奮しないと、放てないんだ……。だから、だから、オレは、キミのオッパイに手を……。

敢太は、そう心の中で、ささやいた。

小夏に心の中で深くあやまりながらも、彼は、このとき、自分の判断がまちがっていないと感じた……。小夏の小さな胸のふくらみに手をふれただけで、意識とは別に、彼の体が反応しはじめたからだ。

「私、信じない！　何も信じない！　敢太さんの言うことなんて、何も、何も聞きたくない！　こんなところ、いきなり、さわるような人、信用できない！　やっ、いやぁー、はっ、はなしてぇ」

なおも、そう言いつつも、小夏の声は、しだいに小さくなっていた。

それは、彼女が、声を殺して、泣きはじめたからではあったが……。

敢太は、シクシク泣きだした小夏の顔を見れば、それこそ、自分がなにもできなくなると思って、顔から視線を逸《そ》らせて、彼女の上半身を裸にした。

それから、その、まだ誰にも触れられたことのない、すべすべとしたオッパイに当てていた手で、小夏の体の魅力のすべてを味わうかのように、その手に意識を集中した。

「いやぁっ、いやぁっ、もっ、もまないでぇ、はなしてぇ、許してぇ……」

敢太はつらかった……。どれほど手に意識を集中しようとしても、彼女の悲痛な声が耳に入って、動けなくなってしまうからだった。

……こりゃ、どうすればいいんだ？　手をはなすも地獄、はなさぬも地獄……。

このとき、不意に、江戸作の声が聞こえた。

〝……敢太よ！　心を強く持つのだ。清楚《せいそ》な乙女の体の魅力にのみ、意識を集中するんじゃ。ワシは、九十になっても、乙女の肌を想像するだけで、鼻血を出すことができた。オヌシに、それができぬはずはあるまい〟

〝ジッチャン、小夏ちゃんは、オレの一番大事な人なんだ。その人を泣かせてまで、オレは、オチンチンを勃《た》てなきゃならないのか……〟

〝ぶわっかもん！　なんのために、誰のために、オヌシは、北手駿掌の究極奥義を覚えたんじゃ……。小夏ちゃんが、泣きじゃくって、抵抗をやめないなら、オヌシは、自分のイマジネーションだけでも、チンコをおっ勃てねばならぬ〟

〝へっ？　イマジネーションって……、ジッチャン、いつから、そんな横文字の言葉を使うようになったんだ？〟

〝ぶわっかもん！　しかたのないヤツじゃ。ワシが助けてやろう。まず、小夏ちゃんの綺《き》麗《れい》なピンクの小粒な乳首に、舌をあてているところを想像するんじゃ、ほら、小夏ちゃんだって、感じるように舐《な》めるんじゃゃ……〟

〝ありがとう、ジッチャン、だんだん、チンコがかたくなってきたよ〟

〝よし、そのチンコを小夏ちゃんのアソコに入れたり出したりしているところを想像して、気を集めるんじゃゃ……。どうじゃ、ビンビンになってきただろう……。まったく、手のかかるヤツじゃゃ、あとはもう自分で、なんとかしろ！〟

〝ありがとう、ジッチャン〟

小夏は、敢太が急にかたくなったそれを押しつけてきたので、もうどうすればいいのか、わからなくなっていた……。

敢太が、そんな小夏の一瞬の隙をつき、彼女のショーツをするりと膝《ひざ》までズリ下げた。

「あっ、あぁっ、なっ、なにをするんですかぁ、やぁぁっ……」

いまや、敢太の目の前に、小夏の薄い可憐《かれん》な茂みと、その下に秘められた匂《にお》いたつような花園があった。

「やぁっ、やぁぁっ……、みっ、見ないでぇ……、見ちゃ、いやっ、見ないで、見ないでくださいっ、敢太さん……」

敢太は、その声にはっとして、一瞬見るのをやめたが、あまりにも綺麗な秘唇に吸い寄せられるように、上の唇にディープ・キスをするのと、まったく同じような、熱っぽいキスの雨を降らせた。

これが、小夏の体に決定的な力を持ったようだった。

小夏は、あまりの恥ずかしさに、なにも考えられなくなって、全身をグッタリとしてしまったのだ。

敢太は、舌先を彼女のクリトリスに、はわせた。

その敏感な部分に敢太の舌が当たるたびに、小夏は、ピクンとした。

さらに、彼は、クリトリスの下の肉の裂け目に、思い切り舌を伸ばして、突っこんだ。

まるで小夏の味を、しっかりとたしかめるように……。しだいに、小夏のその部分の味が微妙に変化してきた。

敢太の唾液だけではない液体で、その部分が潤ってきたからだった。

「あぁっ、かっ、敢太さん、そんなに、そんなに舐めちゃ、変になるう、いやぁぁぁっ」

敢太の唾液《だえき》のせいもあったが、小夏のその部分は、すでに指を入れても、大丈夫になっていた……。敢太は、そっと指を入れてみた。また、小夏は、ピクンとした。

そして、敢太の指づかいに翻弄《ほんろう》されて、喘《あえ》ぎ声をもらしはじめた。

「あぁっ、んんっ、くはぁっ、いっ、いやぁっ……、あぁんっ」

感じている……。小夏ちゃんが、オレの愛撫《あいぶ》に応《こた》えてくれている……。

そう思うと、敢太のモノが、また硬度を増したようだった。

敢太の指使いによってもたらされる快感のために、足と腰に力が入らないらしい小夏は、彼の腕の中で、されるがままになっていた。

「くぁっ、ふぅっ……、ふぁっ、あっ……、やぁっ、やあぁっ……、だっ、ダメぇ……、あぁっ、んんっ、いっ、いやぁっ……」

小夏は、声を出さずにおこうとしても、吐息をもらしてしまうほど、わけがわからなくなっていた。

敢太は、そろそろ究極奥義を放てるだろうかと、自分の状態を知ろうとした。

ほかの七つの奥義なら、この程度に興奮していれば、もう十分すぎるほど気を集めることができるのだが、究極奥義を使うのは、これがはじめてだ。

おまけに、失敗は許されないのだから、それもプレッシャーだった。

「小夏ちゃん、オレ、オレっ、ずっと、ずっと、小夏ちゃんのことだけ思ってたんだ」

敢太は小夏の耳元に口をよせて、ささやき続けた。

「ああぁっ、んんっ……、んぁっ、はぁっ、敢太さん、わっ、私、もうっ、もう、なにも考えられない。あぁっ、ダ、ダメぇ、頭がぼぉーっとしてぇ、何も考えられない」

「小夏ちゃん」

その名を呼びながら、敢太は、まっすぐに小夏の目を見た。

小夏の目は見えないわけだから、これは見つめ合うということとは、少しちがっていた。でも、こうして、まっすぐに彼女の目を見ていると、自分の真剣な気持ちが通じるのではないか？　敢太は、そう思ったのだ。

「はぁっ、あっ、んっ、んくぅっ……、敢太さん、敢太さん、わっ、私、どうしたらいいの、こわい、こわいの、自分の体が変になって……」

敢太は、小夏の花園に当てていた掌《てのひら》に、その瞬間、異変を感じた。

ぬめりを帯びた愛液があふれ出し、すべすべした、無駄な脂肪のまったくない太股《ふともも》にまでたれてきていたのだ。

「小夏ちゃん！　すごいよ、すごいよ。オレ、また、ビンビンになっちゃった。ありがとう、これで、これで、もう大丈夫……」

「えっ」

敢太の言ったのは、もう入れても大丈夫だという意味ではなくて、自分が、究極奥義を放てるほど興奮しているという意味だった。

「さぁ、小夏ちゃん、こっちへ」

敢太は、小夏を、線路のガード下へと連れていった。

小夏は、抱きかかえる敢太の胸に、顔を埋めて、はぁはぁと息を荒げていた。

小夏ちゃん……。

今、敢太は、興奮の極みにありながら、真剣そのものだという、これまで経験したこともない精神状態にあった。

ジッチャン、見ていてくれ。

敢太は心の中にジッチャンの顔を思い浮かべて、パンパンに張ったズボンのチャックを下ろした。そして、かたく、そそり立ったペニスを取り出して、そっと、小夏の花園へと当てがった。

「敢太さん、こわいっ」

小夏が、また、言った……。

……小夏ちゃん、大丈夫だ、大丈夫だ……。

北手駿掌、究極奥義〝心眼瞑癒〟……。

オレの願いは、小夏ちゃんの目が、見えるようになること……。

〝心眼瞑癒〟……、この奥義は、ただ一度……、たった一度、誰かのためにこそ、使うべき技……。そうしてこそ、華開く技なのだ……。

小夏ちゃんのために……、今、オレは、この究極奥義〝心眼瞑癒〟を放つ！

その一瞬、突然、敢太の体が光り輝いた……。

と、同時に、その光が、熱をともなって、小夏の体をつつみこんだ。

小夏は、自分の中に、これまで一度も感じたことのない、不思議な気持ちがあふれてくるのを感じた……。あらゆる不安が消えて、なにもこわくなくなっていた。

むしろ、深い安らぎさえ、伝わってきた……。

これは、単に、彼女が、はじめて体験する性的な快感という以上のものだった。

小夏は、自分から、心でも体でも、敢太を求めていることに気づいた。

はじめて、自分の中に相手を受け入れる勇気が、どこからともなく、わいてきた。

心が洗われて……、澄んだ心、素直な気持ちになっていく……。

どこかなつかしい、心の奥底に閉じこめていた感情……。

純粋なころの自分に戻っていく感覚……。

敢太から放たれた光が、そんな小夏の心と共鳴し、さらに、その明るさを増していった。

北手駿掌究極奥義〝心眼瞑癒〟……。

敢太は、その奥義の奇跡が、自分の体にも、変化を起こさせていることに気づいた。

ギュッと閉じていた目を思い切り見開くと、そそり立つペニスまで、まぶしいばかりに光を放っていたのだ。

いや、ちがった。この光り輝くペニスこそ、光の源だったのだ。その光り輝いている自分のモノを、敢太は、ついに小夏の中に入れた……。

この瞬間、小夏の体が光源をすっかりつつみこんだせいで、それまで二人を包んでいた光が消えた……。

「んんっ、んぁっ！　あっ、あぅ、うぅ、うぅぅっ……」

　敢太の固くなったモノが、小夏の薄い唇のような秘唇にめりこみ、まだ穢《けが》れなき秘肉を掻《か》き分けていく。

「あっ、あぅ、あああっ……」

　光るペニスは、小夏のこれまで誰も男を受け入れていない花園をいたわるように、奥へ、奥へと進んでいった。

「はぁ、はぁ、はぁ……、はぁ、はぁ、はぁ、はぁ……。うぅっ、あうぅぅぅっ」

　敢太は、己のモノを小夏の中にすべて収め終わると、小夏を優しく抱いて、しばらく、じっとしていた。その間に、敢太の息と小夏の息が、それに、二人の胸の鼓動が、完全にシンクロしたみたいだった。

「……あと、もう少しだから、ガマンしてね、小夏ちゃん……。痛くはない？　大丈夫？」

「ええ、あっ、あぁっ、あうぅ、うぅぅっ！」

　敢太が、腰を動かし始めた。

「はぁっ……、あぁっ、私、もぅ気持ちよくなってるぅ……。気持ちいいのが……、あとから、あとから、わいてきてぇ……、あぁんっ、いいぃ……、はぁっ、わっ、私、恥ずかしいのにぃ、感じちゃうぅぅっ。体がぁ、とっ、溶けちゃうぅっ……」

気がつくと、小夏は敢太の腰に足を絡め、より敢太を深く受け入れ、絶対に敢太を離さないとばかりに、左手を敢太の肩に回して、抱きついていた。

しかし、その大胆さには、なぜか、いやらしさや、淫《みだ》らな感じが、まったくなかった。

敢太も、もう、快感にわれを忘れて、小夏を深く深く貫いた。

「あっ、はぁっ、あぁっ、あああぁぁっ……。頭が、真っ白にぃなるぅ……。頭がァ、真っ白にィ、真っ白になっちゃううぅっ…」

そのとき、じつは、小夏は、不思議な感覚を味わっていた。

暗闇《くらやみ》に包まれ、何も見えず、ただ一人立ち尽くしていた自分の目に、信じられないまぶしい光が飛びこんできたような……。

彼女は、久しく忘れていた、まぶしい光を感じていたのだ。

何かが起こる……、そう思ったそのとき、彼女は、フッと体が軽くなるのを感じた。

どこかで、声が聞こえた。

……永遠の命……、永遠の若さ……、永遠の美貌《びぼう》……、そして、光……、何を望む？

小夏は、呆然《ぼうぜん》としながら、小さく、「光」とつぶやいた。

承知した……。

不思議な声の主は、そう答えた。

次の瞬間、小夏は、奈落の底に、どこまでも落ちていくような感覚を覚えて、意識が遠

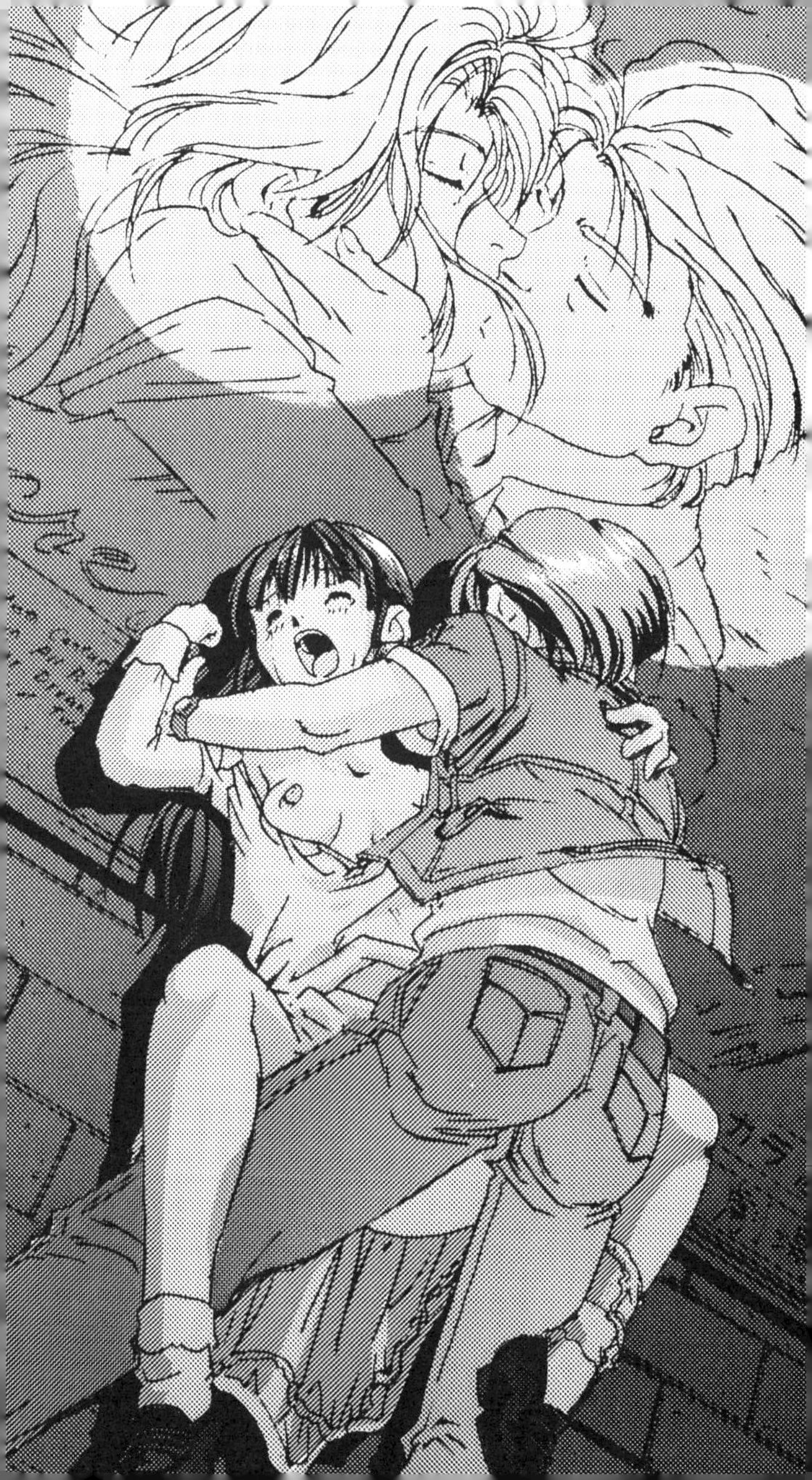

のいていくのを感じた。

「はぁっ、あぁっ、あぁぁっ……、なにか、くるぅ……。はぁんっ、体に熱いものが、熱いものがくるぅ、あうっ」

小夏の花園が、ヒクヒクと、痙攣《けいれん》しはじめた。

敢太が、その瞬間、小夏の胎内へ、熱いほとばしりを注ぎこんだ。

「んっ、んんっ……、あっ、あぁっ……、ああぁぁぁっ……」

下腹部に熱い奔流を感じた小夏は、今まで味わったことのない強烈な感覚に、背中が折れるほど体をしならせ、敢太にギュッと抱きつくと、その胸元で声を張り上げ、果てるとともに気絶した。

敢太は気絶している小夏の秘唇をティッシュで優しく拭《ふ》き取り、綺麗にすると、足に絡まっていたショーツを穿《は》かせ、衣服を整えた。

その間、敢太は、一言もしゃべらず、ただ小夏の顔をジッと見つめていた……。

エピローグ

それから、敢太は気を失ったままの小夏を、タクシーを拾い、彼の自宅に連れて帰った。

小夏が目をあける瞬間に、そばにいたかったので、一睡もしないでいたというのに、彼女は翌朝まで目を覚まさなかった。敢太は、不安でいたたまれなくなった。


本当に、これで、よかったんだろうか……。

自分はできる限りのことはやった、人事を尽して、天命を待つのみ……。

そう思うより、しかたがなかったのだが……。

〝心眼瞑癒〟……。

不思議だ……。あのとき、オレは、たしかに、小夏ちゃんの声を耳にした……。

『……永遠の命も若さも美貌《びぼう》もいりません……』

『……私に光をください……』

……だから頼む……。この期におよんで奇跡を信じないなんて、みっともないかもしれない……、でも……。

やっぱり、これで小夏ちゃんの目が見えるようになるなんて、信じられないんだ……。

やるだけのことはやった。それでも……、目が見えなかったら……。

やがて、敢太のかたわらで、眠りについていた小夏が意識を取り戻した。

エピローグ

そうっと薄目を開ける小夏。

「……」

しばらく、どこにいるのかも、わからないらしかった。

「小夏ちゃん……」

「……」

「オレの顔、見える？」

「……」

小夏は、ただジッと敢太の瞳《ひとみ》を見つめている。

そんな……。やっぱり……、駄目だったのか……。

絶望が襲う……。

ここまでにしてきたこと。

封印していた悪戯奥義の解放。

江戸作の死。

究極奥義の習得。

多くの女性への悪戯。

すべては小夏の目を治すためだったというのに。

駄目か……、駄目だっていうのかよ！

小夏の目はピクリとも動かない。

なにが悪かったのか……。なにか手順を間違えたのかもしれない……。たった一度きりのチャンスを、逃してしまったのかもしれない……。

「ダメか……」

敢太が絶望のあまり、声に出して、そう言った。

そのとき、窓から朝の強い光が差しこんできて、ちょうど小夏の顔を照らした。

なぜか、むずがゆそうに、小夏が目を動かした。それから、手をかざし、とっさにまぶしがる仕草を見せた。

「……！」

驚きと喜びの入り混じった表情で、敢太は、小夏の顔を覗《のぞ》きこんだ。彼女は、二度、三度と、瞬《まばた》きをした。ちょっと、口の端を緩め、ほんの少し微笑《ほほえ》んでみせる。

彼女自身、信じられない思いでいたにちがいない……。

長い暗闇《くらやみ》での生活から舞い戻ったばかりの小夏は、まだ、ちゃんと目を開けることができないでいた……。だが、薄く開かれたその目には、自分の顔を覗きこんでいる敢太の姿がぼんやりと見えていたのだ。

「敢太さんなのね？」

敢太がうなずくと、小夏は今度は目を大きく見開いて敢太の顔を覗きこんだ。

そして、静かな声でこう言った。

「あなたの顔をこうして見られるなんて、まるで夢を見ているみたい」

「夢なんかじゃない。きみの目は、本当に見えるようになったんだ」

どうして？　なんて、小夏も聞かなかった。

奇跡が起きたことは、彼女にも、はっきりとわかっていたのだろう。

「私、むかし、目が見えていたころは、ほんと、よく笑ってばかりいたんだけど、でも、目が見えなくなってからは、世界中のなにもかもに背を向けられた気がして、ちっとも笑えなくなっちゃった……。私、敢太さんには悪いけど、あのころは、あなたにお見舞いに来られるのが、本当に嫌だったんです。もう来てほしくない……、そう思っていたんです。

私、お父さん、お母さんの前で、自分が無理をしてたことがあったから、あなたが、私の前で無理をしてることが、すぐにわかっちゃった……。

私が無理をすることで、あなたを苦しめて、また無理をさせて……、そうして、私が無理をすることで傷つく人がいるのなら、私はここにいちゃいけないって思ったんです。

私みたいに、毎日後悔して……、なにかを恨んで、なにかに後ろめたい気持ちで生きてほしくない……。あなたには、私みたいに、毎日後悔して生きないでほしかったの」

敢太は、小夏の話を、ただ黙って聞いていた。

「私、そんなことばかり、考えていたんです。

そして、私自身、このままお父さんやお母さんのために生きて、敢太さんや博子に助けられて生きて、甘やかされて、生かされてしまったら……、もう、他の誰《だれ》にも、ううん、私が私自身に対して、顔向けできないって……。

目が見えなくなってから日が経《た》つごとに、時間は私から様々なものを奪っていきました。みんなと出会って、話したり遊んだり、一緒に勉強したり、感動したときの記憶……。私が今までに通った場所……。みんなと話したたくさんのおしゃべり……。たくさんの風景。たくさんの楽しかったこと。そして、悲しかったことも。少しずつ少しずつ……、夕焼けが暗闇に染まっていくように、なにもかも忘れはじめたんです。私、みんなみんな、忘れるために生きているみたいだった」

ここまで、一気に話して、小夏はニコッと笑った。

「でも、目が見えるようになって、これで、私を助けてくれていた人、世話をしてくれた人のことも、また忘れてしまうかもしれませんね。でも安心してください、たとえ、ほかのすべてを忘れても、敢太さんのことは、忘れませんから……」

敢太は、感動していた。

「……」

「私は、これから、私が与えることのできるものを必要としてくれる人たちの、役に立ちたいと考えているんです……」

「ああ……、それがいい」

「敢太さんは？」

敢太は、一瞬、なんと答えようかと思った……。

江戸作の顔が浮かんだ。

「オレは、ジッチャンの遺志を受け継いで生きていくことにする。それが、オレを守り育ててくれた人への恩返しになるから」

とりあえず、そう答えた。

澄み渡った青空が広がっていた。なにか、すがすがしい気持ちで、いっぱいだった。

ジッチャン……。

オレが命をかけて守りたいって言った人は、やっぱり特別な人だったよ。

オレたち、まだスタートラインに立ったばかりだけど……、これから一生懸命、追いつき追い越すような感じで頑張っていくよ。

だって、オレたちはまだ、はじまったばかりだから……。

敢太は、天国のジッチャンに向かって、そう心の中でささやいた。

あとがき

みなさん、『悪戯王《いたずらキング》』のゲーム版は、ちゃんとクリアなさいましたか?

もちろん、ボクは、すべてのエンディングを出すまで、悪戯しまくりました。

いやぁ、軽快なギャグの連発と、感動のストーリー。まさか、『悪戯』シリーズが、こんなものになろうとは、予想できませんでしたね。

ノベルス版は、紙数の制約もあり、ずいぶん駆け足になってしまったところもあるのですが、とにかく、魅力的なキャラを、すべて登場させるために、がんばりました。

敢太くんが、ずいぶん優しいんで、嫌がる女性をいたぶるシーンがお好きな方には、ちょっと不満が残るデキかもしれませんが、ボクとしては、エッチ・シーンも、みなさんに満足していただけるよう、努力しました。

どうやら、『悪戯』シリーズは、まだまだ進化しそうな気がします。

ボクも機会があれば、また、小説化に挑戦したいと思っています。

とにかく、ただの痴漢ゲームじゃないんで、遊んだことのない人は、一度遊んでごらんになると、きっと楽しめるでしょう。

平手すなお

悪戯王《いたずらキング》

2001年9月30日 初版第1刷発行

著 者 平手 すなお
原 作 インターハート

発行人 久保田 裕
発行所 株式会社パラダイム
〒166-0011 東京都杉並区梅里2-40-19
ワールドビル202
TEL03-5306-6921 FAX03-5306-6923

装 丁 林 雅之
印 刷 株式会社シナノ

乱丁・落丁はお取り替えいたします。
定価はカバーに表示してあります。

既刊ラインナップ

定価 各860円+税

1 悪夢～青い果実の散花～ 原作:スタジオメビウス
2 脅迫 原作:アイル
3 痕～きずあと～ 原作:リーフ
4 慾～むさぼり～ 原作:May-Be SOFT TRUSE
5 黒の断章 原作:Abogado Powers
6 淫従の堕天使 原作:DISCOVERY
7 Esの方程式 原作:Abogado Powers
8 歪み 原作:May-Be SOFT TRUSE
9 悪夢 第二章 原作:スタジオメビウス
10 瑠璃色の雪 原作:アイル
11 官能教習 原作:テトラテック
12 復讐 原作:クラウド
13 淫Days 原作:ルナーソフト
14 お兄ちゃんへ 原作:ギルティ
15 緊縛の館 原作:XYZ
16 密猟区 原作:ZERO
17 淫内感染 原作:ジックス
18 月光獣 原作:ブルーゲイル
19 告白 原作:ギルティ
20 Xchange 原作:クラウド
21 虜2 原作:ディーオー

22 飼 原作:13cm
23 迷子の気持ち 原作:フォスター
24 ナチュラル～身も心も～ 原作:フェアリーテール
25 放課後はフィアンセ 原作:スィートバジル
26 骸～メスを狙う顎～ 原作:SAGA PLANETS
27 朧月都市 原作:GODDESSレーベル
28 Shift! 原作:Trush
29 いまじねぃしょんLOVE 原作:U・Me SOFT
30 ナチュラル～アナザーストーリー～ 原作:フェアリーテール
31 キミにSteady 原作:ディーオー
32 ディヴァイデッド 原作:シーズウェア
33 紅い瞳のセラフ 原作:Bishop
34 MIND 原作:まんぼうSOFT
35 錬金術の娘 原作:BLACK PACKAGE
36 凌辱～好きですか?～ 原作:アイル
37 My dearアレながおじさん 原作:ブルーゲイル
38 狂*師～ねらわれた制服～ 原作:クラウド
39 UP! 原作:メイビーソフト
40 魔薬 原作:FLADY
41 臨界点 原作:スィートバジル
42 絶望～青い果実の散花～ 原作:スタジオメビウス

43 美しき獲物たちの学園 明日菜編 原作:ミンク
44 淫内感染～真夜中のナースコール～ 原作:ジックス
45 My Girl 原作:Jam
46 面会謝絶 原作:シリウス
47 偽善 原作:ダブルクロス
48 美しき獲物たちの学園 由利香編 原作:ミンク
49 せ・ん・せ・い 原作:ディーオー
50 sonnet～心かさねて～ 原作:ブルーゲイル
51 リトルMyメイド 原作:スィートバジル
52 flowers～ココロノハナ～ 原作:CRAFTWORK side・b
53 サナトリウム 原作:ジックス
54 はるあきふゆにないじかん 原作:トラヴュランス
55 プレシャスLOVE 原作:BLACK PACKAGE
56 ときめきCheck in! 原作:クラウド
57 散櫻～禁断の血族～ 原作:シーズウェア
58 Kanon～雪の少女～ 原作:Key
59 セデュース～誘惑～ 原作:アクトレス
60 RISE 原作:RISE
61 虚像庭園～少女の散る場所～ 原作:BLACK PACKAGE TRY
62 終末の過ごし方 原作:Abogado Powers
63 略奪～緊縛の館 完結編～ 原作:XYZ

〈パラダイムノベルス新刊予定〉

☆話題の作品がぞくぞく登場！

127.注射器 2

アーヴォリオ　原作
島津出水　著

原因不明の腹痛で病院にかつぎ込まれた主人公。そこで再会したのは、看護婦になった昔の彼女・桜子だった。院内には彼女のほかにも、かわいい看護婦がいっぱい。桜子の目を盗み、看護婦にアタックするが…。

131.ランジェリーズ

ミンク　原作
朝生京介　著

とある下着メーカーで働くことになった主人公。彼の仕事は業績をあげ、派閥争いを収めることだ。部下の真優美や宣伝部の玲奈など、美人でセクシーなＯＬたちを味方につけ、主人公は副社長失脚をねらう…。